夫妻集

Fuminori Onodera

小野寺史宜

講談社

夫妻集

装画　水沢そら
装幀　アルビレオ

CONTENTS

佐《さ》原《はら》夫妻　十月十六日（日）

「もし楓《かえで》がすごい人を連れてきちゃったらどうする？」と和香《わか》が言い、

「すごい人って何だよ」とおれが言う。

「例えばバンドマンみたいな人。いつかおれらが武道館、いや、東京ドームをいっぱいにします、とか言うの」

「そんなやつ、今いないだろ」

「いないことないでしょ」

「いや、いないよ。だって、もうバンドで一生食っていけないことぐらい、誰でもわかるよな。一度当たったとしても、そのあとずっとは続かない。おれら世代のミュージシャンならまだ一緒に歳をとってくれるファンがいるかもしれないけど、これからは無理だろ。みんな、飽きたらすぐに離れていくよ」

「今の若い人たちが歳をとっても、結局は自分が若かったころの音楽を聞くんじゃない？人の好みはそう大きく変わるわけでもないし」

「でもその好み自体が今の時点で細分化されてるからな。おれらのころは、みんなが当たり前に知ってるバンドがあったけど、今はない。だから一極集中もない。残っていくバンドもないよ」

「そうなのかなぁ」

「歳をとったら、人は音楽を聞かなくもなるしな。おれみたいに」

「だとしても、武道館かドームを目指す子たちはいそうだけど」

「昔よくそう言ってたのはさ、そこまで行けばとりあえず安泰みたいな感じがあったからだよな。今はもうその感じはない。バンドをやってる子たちも、それはわかってるよ」

「じゃあ、バンドマンじゃなくてラッパー」

「ん？」

「楓がラッパーを連れてくるの。その人が、♪ヨ～ヨ～、パパさん、おれに娘くれよぅ♪とか言う」

「そんなやつが来たら、おれよりまず和香がいやだろ」

「うーん。タトゥーとかが入ってたら、ちょっと引くかもね。いや。ラッパーのそれなら引かないか。普通といえば普通だし」

「引くだろ。タトゥーを入れてること自体が、やっぱり普通とは言えない」

「じゃあ、消せって言う？」

「それは言わないだろうけど。個人の自由だから」

「程度にもよるか。小さいのをちょこんと入れてるだけの人もいるだろうし。初めから見えないとこに入れてるだけの人もいるだろうし。でもヨーロッパのサッカー選手みたいに、腕から手首まで全部入ってたりしたらどうする？」

「いや、どうするって」

「見えなきゃいいのか。腕も、長袖を着れば隠れるし」

「手首まで来てたら見えるだろ。せっかく痛い思いをして入れたんだから、絶対に隠したいってこともないだろうし」

「それもそうね」

「と言うその前に、タトゥーを入れてないラッパーだっているよな。日本人ならそのほうがずっと多いんじゃないか？　って、これ、何の話だよ。もう、楓が連れてくるカレシの話じゃなくて、タトゥーの話になってるだろ」

「なってるなってる」と和香が笑う。

「だいじょうぶ。楓がそんな相手を連れてくることはないよ。連れてこないように育てたつもりだし」

「そうなの？」

「いや、そういうわけでもないけど。もし連れてきたら、そのとき考えればいい」

「そうね。タトゥーを見てから考えましょう」

「いや、だから。タトゥーが入ってる前提でいるなって」

「じゃあ、入ってないラッパーが来るつもりでいましょう」

「その前提でもいるなよ」

「備えあれば憂いなしじゃない」

「その備えはいらないよ」

おれらは居間でそんなことを話している。L字型のソファ、その縦棒のほうに座って。そこが定位置なのだ。横棒のほうにはいつも楓が座る。今日はそこにそのラッパー、ではなくてカレシも座るのだと思うと、何だか落ちつかない。

壁の掛時計を見て、おれは和香に言う。

「一時だよな？　約束」

「ええ」

今はその三十分前。と思ったら、ウィンウォーン、とインタホンのチャイムが鳴る。頼んでおいた宅配寿司が到着したのだ。

「あ、ぴったり」と和香が言い、応対に出る。

そして受けとり、戻ってくると、さっそくソファの前のテーブルに寿司やしょうゆ皿や箸を並べはじめる。

寿司の容器は、つかい捨てのものだと貧相かもしれないので、そうではないほうにしてもらった。あとで回収に来てくれるそれだ。寿司自体も、一番高い桶《おけ》のものにした。値段は一万四千円ぐらい。その下の一万三千円ぐらいのものと迷ったが、せっかくなので最上位。

楓とカレシと和香とおれ。二人は女性だが、念のため、一番多い五人前。足りなくなるのはいやだなと思ったのだ。バンドマンやラッパーは来なくても、元ラグビー部員や元相撲部員は来るかもしれない。

「これじゃ時間経っちゃうな」とおれが言う。

「三十分ぐらいだいじょうぶよ」

「別に一時の配達にしてもらってもよかったんだな」

「そしたらお寿司とお相手が同時に到着しちゃうじゃない」

「じゃあ、それは避けるとして。あとでもよかったか。来ていきなり寿司を食べるわけでもないんだし」

「それは変よ。来る前にこうやって並べておきたいじゃない。あとでお寿司が来たら話が中断しちゃうし。何かせわしない」

準備が整うと、和香は再びおれの隣に座る。それでもまだ十二時四十分。相変わらず和香の手際はいい。まだ結婚する前、会社にいたころからそうだった。そこでも仕事をてきぱきこなしていた。会社ではてきぱき仕事をするが自宅ではてきぱき家事をしない。そんな人もいるだろう。和香はするほうだ。

「それにしても」とその和香が言う。「こんなときが来るのね」

「こんなときって？」

「娘が連れてくる相手をこんなふうに待つ時間。ドキドキするわね。どんな人が来るんだろう」

「和香も、何も聞いてないんだよな？」

「聞いてない。結婚したい人がいるって聞いたのがついこないだだし。どんな人？　とは訊いたけど、会わせるんだから自分で見てよって楓は言うし。この歳になってここまでドキドキすることはないわよ。この先もあるとしたら、楓が子どもを産むときぐらいでしょうね」

「気が早いよ」

「そんなことないわよ。案外すぐかもよ。このあと楓、実はもうできてる、なんて言うかもしれないし」

「おいおい。それはやめろよ。それはなしだよ」

「早いわよね。楓を産んでもう二十七年か」

「結婚して三十年だからな」

「そういえば、結婚する前はお父さんもよく音楽を聞いてたわよね。わけがわからないやつ」

「わけがわからなくはないだろ」

「わからないでしょ。曲の初めにいきなり目覚まし時計の音が鳴ったりするし」

たぶん、ピンク・フロイドの「タイム」のことを言っているのだ。アルバム『狂気』に収められている曲。初めに効果音としていろいろな時計の音が流れる。

「それ、わたしが佐原家に結婚のあいさつに行ったときに聞かされたのよ。二階のお父さんの部屋で」

「そうだっけ」

「そう。大きいステレオの前に座らされて聞かされた。で、いきなりそれだから、ほんとに目覚まし時計が鳴りだしたのかと思ったわよ」

大きいステレオ。実家のおれの部屋にはそれがあった。今はもう処分してしまったが。というその前に。甲府市の実家は兄夫婦と両親が住む二世帯住宅に建て替えられたので、おれの部屋自体、もうないが。

懐かしい。あのころは本格的なステレオセットを置いていた。コンポではなく、パーツ別にそろえた。サンスイのアンプにダイヤトーンのスピーカーにトリオのチューナーにデンオンのレコードプレーヤーにアカイのカセットデッキ。トータルで三十万円超。二十代前半でのそれは贅沢《ぜいたく》だが、音楽好きにとっては当たり前だった。そうしたほうが音の反響がいいというので、スピーカーの下にはブロックを敷いた。和室なのに。

当時、おれが一番好きだったのがピンク・フロイドだ。ベースのロジャー・ウォーターズとギターのデヴィッド・ギルモアとドラムスのニック・メイスンとキーボードのリチャード・ライトの四人がそろっていたときのピンク・フロイド。『おせっかい』と『狂気』は今もＣＤを持っている。聞けば、いいなと思う。ただ、聞くのは年に数回程度。おれはもう五十五歳。やはり音楽は聞かなくなった。昔は毎日聞いていたのに。

対して、和香も五十二歳。音楽は初めから聞かなかった。その時々の流行《はや》りものを聞くぐらい。おれのように大げさなステレオセットを持っていたことはないらしい。CDラジカセを持っていただけ、だそうだ。

だが和香は五十を過ぎて音楽を聞くようになった。クラシック。交響曲や協奏曲ではない、ピアノ独奏曲。具体的に言えば、ショパンのそれだ。ワルツにポロネーズにマズルカ。なかでも一番好きなのはノクターン。夜想曲。全曲集のような二枚組のCDを持っている。ルービンシュタインというピアニストが演奏したものだ。ショパンと同じポーランド出身の人らしい。

和香は家事をするときにそのCDをかける。料理をするときはキッチンで。編みものをするときは居間で。だからおれが何となく覚えてしまった曲やメロディもいくつかある。

そこで、言ってみる。

「あのCD、かけとけば？」

「ん？」

「ショパン」

「あぁ。いいわよ。それも変でしょ」

「変か？」

「雰囲気をつくろうとしてるみたいじゃない。初めて訪ねた家で音楽が流れてたら、ちょっと引かない？」

「引くかな」

「特に今の場合は、来るのがわかってるのにかけてるってことだから、それはもう雰囲気づくりでしょ」

　などと話しているうちに、午後一時になる。五分が過ぎ、十分も過ぎる。そして一時十五分になったところで、やっと二人が到着する。午前中から出かけていた楓が、カレシと合流して帰ってきたのだ。

　楓は手持ちのカギで玄関のドアを開けた。その音が聞こえたので、和香が迎えに出た。何やら話す声も聞こえ、三人が居間に入ってくる。

　おれの目は、やはりカレシに向く。細めのパンツにジャケット。見た目は普通。タトゥーが入っている感じはない。バンドマン感もラッパー感もない。

「ただいま」とマスクを外して楓が言い、

「お邪魔しま〜す」とマスクを外してカレシも言う。

　その顔は、いい。イケメンと言っていいだろう。だが、お邪魔しま〜す、は引っかかる。さらに引っかかるのはこれだ。遅刻。

　だから言ってしまう。カレシにではなく。楓に。

「約束は、一時だったよな」

　それを受けてカレシが言う。

「すいません。急に腹が痛くなっちゃって。コンビニに寄って、トイレ借りてました」

「家にいるんだからいいでしょ」と楓が言う。

「よくはないだろ。人を待たせてることは変わらない。遅刻は遅刻だ。楓が電話することもできたよな」

「できたけど。すぐ行けることはわかってるんだから、しないでしょ」

「するだろ」

こんなときに世代のギャップを感じる。

携帯電話が普及してから、人は時間にルーズになった。昔は、待ち合わせ時間に待ち合わせ場所で会えなければどうしようもなかった。相手が来るのをひたすら待つか、あきらめて去るしかない。だから駅には伝言板が用意されていたりもした。

だが誰もが携帯電話を持ったことで、いつでも連絡はつくようになった。連絡はつくのだからあわてる必要はない、と考える人も出てきた。約束の二分前に電話をかけてきて、十分遅れます、と言うような人たちだ。それで義務は果たした、と考えてしまう人たち。言われた側はどうすればいいのか。十分でどこかに行って戻ってはこられない。結局はそこにいるしかない。ただ待っているしかない。

それでも電話をかけてくればまだまし。なかにはかけてこない人もいる。そんな人は、十分程度の遅れでは謝らなかったりする。あ、どうも、で終わらせたりもする。歳上にそれをやる歳下もいる。悪気はないのだろう。だからこそ厄介だ。

と、そんなことを言うと嫌われるのはわかっている。だが言わざるを得ない。それを言わない人事部長はダメだと思う。

「あぁ」とカレシが言う。「何か、登場、最悪ですね」

それにもちょっと驚く。登場。ここでその言葉をつかうか？　自分自身につかうか？

「まあ、いいからいいから」と和香がとりなす。「お父さんも堅いこと言わない。普段はそんなこと言わないのに、何で今言うのよ」

楓とカレシは洗面所で手洗いやうがいをする。以前なら来訪者がそこまではしなかっただろうが、コロナが始まってからは当たり前になった。

二人が戻ってきて、ソファに座る。Ｌ字の縦棒横棒が埋まる。楓がカレシを間に入れたので、おれとカレシがななめに接する形になった。何なら、おれの右膝とカレシの左膝が触れ合いそうなくらいだ。

「どうも、イケモトユウです」とそのカレシが言う。

楓が漢字を説明する。池本悠、だそうだ。

「おいくつ？」と和香が尋ね、

「二十七です。楓と同い歳です」と池本悠が答える。

「楓さん、ね」と楓自身が言う。

「あぁ、そっか。楓さん」

今度はおれが尋ねる。

「何をしてる人？」

「お笑い芸人志望です」

「え？」

「役者志望でもあります」

「何、どっち？」

「どっちもです」

「どっちもって」

「どっちもやりたいんですよ。どっちも本気でやってます。今はきっちり半々です。そうなるようにしてます。どっちにも偏らないように」

「そう、なの？」

「はい」

すごい人。来てしまった。バンドマンでもラッパーでもなかった。が、音楽関係ではなかっただけ。まさかこのパターンがあるとは。お笑い芸人と役者。まさかダブルとは。まあ、タトゥーが入ってはいないのだろう。役者志望がそれをやるとは思えない。だがこの感じならわからない。志望する前に入れていたとしてもおかしくない。

本気なのか？　楓。と思いながら、おれはその楓ではなく、池本悠に尋ねる。

「お笑い芸人志望っていうのは、何、養成所みたいなのに入ってるってこと？」

「いえ、養成所には入ってないです。笑いの感覚は人に教えてもらうものではないと思ってるので。養成所は金もかかりますし。だからフリーでやってます」

「フリー」

便利な言葉だ。それらしくは聞こえる。だが要するに何もないということ。専門家に訓練を受けてはいないのだ。

「誰かとコンビを組んでるとか?」

「いえ、一人でやってます。ピンですね」

「あぁ。ピン芸人。で、フリー」

「はい」

「事務所に所属してるわけでもないってことだよね?」

「そうですね。コンクールとかは、フリーでも、というかアマチュアでも出られるのが多いんで」

「でも、所属してればその事務所のライヴとかに出られるんじゃないの?」

「そうですけど。チケットのノルマがあったりもするみたいだし」

「それで、役者志望でもあるの?」

「はい」

「役者もやれるお笑い芸人、みたいなこと?」

「ではないです。そこは分けて考えてます。お笑いはお笑い。役者は役者」

「役者のほうは、どうしてるの?」

「オーディションを受けようと思ってます」

「思ってますってことは、まだ受けてない？」

「受けてないです」

池本悠はしれっとそう答える。イケメンにして厚顔《こうがん》、らしい。

「そっちはツテがないとなかなか難しいんですよ。今はそのツテをつくってるとこです」

「どうやって？」

「それは、まあ、いろいろ」

「劇団に入ったりは？」

「してないです」

「演技とかそういうのも、人に教えてもらうものではない？」

多少は嫌味のつもりだったのに、池本悠はやはりしれっと返してくる。

「はい。劇団に入って、縛られたくないんですよ。芝居に出るスケジュールとかを決められちゃうと、お笑いのほうに時間をとれなくなるんで。だから、入るんじゃなく、客演させてくれるときだけ出ることにしてます」

「そんなのあるの？」

「小さい劇団なら。ほんとに小さい劇団ですけど」

「それはさ、もう、エキストラみたいなものなんじゃないの？」

「そんなこともあります」

「それで役者志望って言える？」

「おれは言ってます。エキストラみたいなのでいいんですよ。それでも劇団とのツテはできますから。例えば演出の人とか制作の人とか。あとはほかの役者たちとも。そういうのがどこでどうつながるかはわかんないんで」

話を聞けば感心したくはなるが、それはあまりいい感心でもない。よくやるよ、に近い。

「せめて一つに絞ったほうがよくない？　そうでないと、どっちも中途半端になるような」

「よく言われます。でもおれは自分の可能性を狭めたくないんですよ。アメリカはそうじゃないですか。野球とアメフトのどっちもやってるとか、そんなの普通ですよね」

自分の可能性を狭めないのはいい。せめて十代なら。だが二十代で、しかも後半でそれはどうなのか。

初対面でそうも言えないので、おれはこう言ってみる。

「でもある程度のとこまで来たら、みんなどちらかに絞るよね？」

「大谷は絞らなかったですよ」

「ん？」

「大谷翔平」

「あぁ」

すごいのを持ちだしてきた。世界一の人、だ。

「それは、あくまでも野球という一つの競技のなかでのことだよね」

「でもピッチャーとバッターはまったく別ですよ。サッカーで言えばゴールキーパーとフォワードをやるようなもんだし。できないですよね、それ」

「できないけど。ちょっと話がズレてるよ。池本くんは大谷翔平じゃないし、今はそういう話でもない。どちらも中途半端になるなら一つに絞るべきだっていう話」

「中途半端にしてるつもりはないですよ。ほんとにきっちり半々でやってますし」

「お父さんは何も知らないじゃない」と楓が言う。

「知らないけど。話を聞く限り、それでうまくいくのかなとは思っちゃうよ」

思わないほうがおかしい。今の話を聞いて。そうか。じゃあ、きっとうまくいくね。がんばりなさい。うまくいくんだから、もう娘と結婚もしちゃいなさい。と、そんなことを言う父親はいない。

　五十五歳。人事部長。人を見る目なら多少はある、と思っている。人を公平に見るよう日々努めてもいる。娘の結婚に反対などしない。そんな堅物の父親ではない。

　楓が決めた相手なら、お父さんは何も言わないよ。そう言ってやるつもりでいた。鷹揚《おうよう》にかまえるつもりでいた。さっき和香と話をして、志望でなくそれを仕事にできているならバンドマンでもラッパーでもいいか、と思うようになっていた。小さいタトゥーぐらいなら入っててもいいか、とさえ思うようになっていた。が、これは無理だろう。あまりにもズレている。ズレズレすぎる。発想が。考え方が。

会わせるんだから自分で見てよ、と楓が和香に言ったのは、これが理由だったのかもしれない。うまく説明もできないだろう、これでは。

あらためて思う。本気なのか？　楓。

「とりあえず、お寿司を食べましょうよ」と和香が言う。「お父さんが奮発して一番高いのを頼んだから」

「マジですか」と池本悠。「ゴチになります」

もしかしてこれは素人ドッキリではないのか、と思う。楓と和香がグルになっておれをだましているのだ。だから池本悠は役者そのもの。わざとおれが不快に思うことばかり言う。そして頃合を見て、どこかに潜んでいたカメラクルーが登場し、ドッキリでした～、となるのだ。

もしそうなら、今が頃合。これ以上やられたら、おれがいやなやつに見えてしまう。早く登場しろよ、カメラクルー。だましてすいませんでした、と早く言えよ、池本悠役の人。

だがカメラ登場の気配はなく、おれらは寿司を食べはじめる。

今日は紹介だけのはずだから、アルコールはなし。飲みものは冷たいジャスミン茶だ。おれは普通の緑茶のほうが好きなのだが、楓と和香がそちらを好きなので、それ。ペットボトル入りのものだが、普通の緑茶よりは少し高い。

「楓は自宅でもやっぱジャスミン茶なんだ」と池本悠が言い、すぐにこう続ける。「あ、ここで楓さんと言うのは何か変なんで、楓、にさせてもらいました」

それを聞いて、和香が笑う。

「いいわよ、そんな言い訳しなくて」

言い訳をしないならしないで気に障っただろうが、したらしたで気に障る。

「ほら、食べて、悠くん」

「じゃ、遠慮なく。いただきま～す」

お邪魔しま～す、に続き、いただきま～す。ギャル男《お》か、と言いたくなる。

寿司は五人前で、五十五貫。炙《あぶ》りのどぐろ、サーモン、ホタテ、金目鯛《きんめだい》、煮あなご、生の車エビ、マグロ、中トロ、白エビ、ウニ、イクラ。それと、シャリはない厚めの切玉子が付いている。

「はい。これは悠くんのね」と和香が小皿にしょうゆを注いでやる。

「どうも。では」と池本悠はいきなりウニを食べる。箸はつかわず、手でいく。

ウニに続いてはイクラ。そして金目鯛、炙りのどぐろ。池本悠は矢継ぎ早に食べる。

「あぁ。寿司は久しぶりですよ。腹が減ってもいたんで、全部うまいです」

さっきコンビニで出すものを出してきたから腹が減っている、ということなのか。痛かったところへ冷たい生ものを入れてまた痛くならないのか。池本悠。計画性はあるのか。

その食べっぷりを見て、和香は言う。

「五人前あるから、各ネタ二つは悠くんが食べていいわよ。わたしはそんなに食べられないんで、何なら三つ食べてもいいわよ」

「ほんとですか？」

「ええ」

結果、池本悠は、ウニを本当に三つ食べた。そしてこんなことも言った。

「これ、玉子は玉子だけなんですね。おれ、玉子にこそシャリがほしいんですけど」

そこでふと楓を見る。楓も様子を窺《うかが》うようにおれを見ている。

何故《なぜ》かあわてて目を逸《そ》らし、おれは白エビを食べてこんなことを言う。

「池本くんは、どこに住んでるの？」

「下北です」

「下北沢？」と和香。

「はい。シモキタフロントができた側。駅から歩いて五分ですよ」

「へぇ。近いのね。それで家賃いくら？」と和香は突っこんだことをさらりと訊く。

「六万です」と池本悠もすんなり答える。

「あら、安いのね」

「下北は、探せばもっと安い物件もありますよ」

「いわゆるシェアハウスとかではないのよね？」

「ないです。おれ、ああいうとこは無理なんで」

「無理なんだ？」

「はい。やっぱ自分だけの空間はほしいです。シェアハウスにもそれはあるんでしょうけど、玄関のドアから入ったらもう全部がそうであってほしいです」

となると、案外繊細なのか。そういうところに住める人、住みたがる人、のように見えてしまうが。

「まあ、外に出たらガンガン人と交わりにいきますけどね。そのあたりのメリハリはつけたいです」

「そうなんだ」と言うのはおれでも和香でもない。楓だ。「知らなかった」

「マジで？」

「うん」

「カレシカノジョだって知らないことはあるわよ」と和香。「わたしだって、結婚してもう三十年になるけど、お父さんのことで知らないこともあるもの」

そうなのか？　とおれが言う前に池本悠が言う。

「マジっすか」

「マジですよ。人が他人のことをすべて知るのは無理でしょ。知る必要もないんだと思うし」

「おぉ。お母さん、すごいです。尊敬します」

池本悠はやはりしれっと、お母さん、と言う。

「大げさよ。そんなこと、歳をとれば誰だって思う」

というそのこと自体はいいとして。他人、が案外響く。もちろん、和香は、自分以外の人、という意味でそう言ったはずだが、どんな形であれ、妻から他人と言われると、ちょっとこたえる。気をとり直して、おれは言う。

「えーと、池本くんは、会社に勤めてるわけではないんだよね？」

「ないですね」

「アルバイトで家賃六万は、結構大変じゃない？」

「あ、おれ、バイトもしてないです」

「そうなの？」

「はい」

実家がお金持ちなの？　とはさすがに訊けず、口ごもっていると。池本悠が自ら言う。

「おれ、ユーチューブもやってるんですよ」

「え？」

「ユーチューバーでもあります。それで家賃を稼いでます」

「あぁ。そうなんだ」

もう一つ来た。お笑い芸人志望で役者志望。そこにユーチューバーも加わった。ダブルではない。トリプル。

「すごい」と和香がのんきに言う。「ユーチューバー、初めて見た」

「いや、どこにでもいますよ。動画を投稿してればみんなユーチューバーですから」

「でもそれで稼げる人なんてそうはいないでしょ？」

「どうなんでしょう。よくわかんないです。いくらなら稼いだと言えるのかも、よくわかんないし」

　稼いでるといってもせいぜい月四、五万だろう、と思った。それも和香が訊いてくれた。

「悠くんはどのくらい稼ぐの？」

「十五万ですかね」

「ほんとに？」とつい言ってしまう。

「まあ、月によって変わりますけど。上まわったり下まわったりで、平均十五ってとこです」

「それはほんとにすごい」と和香。「んでしょ？」

「すごいよ」と楓。

「でも今だけだと思ってます。投稿を続けるのは大変だし、ネタもそのうちなくなりますから。一年先だってわかんないですよ。ただ、今はそのくらいいってくれてるんで、それでやってます」

　月十五万。どうにか暮らせてはいるのだ。

　最近、そんな話はたまに聞く。それこそ若手芸人。何年か前まではアルバイトをしなければ食べられなかったが、今は動画投稿やライヴ配信などで、食べられる人も増えたのだという。

「悠くんのはどんな動画？」と和香が尋ね、

「企画系ですね」と池本悠が答える。

「企画系って、メントスコーラみたいなあれ？」

「それです。なるべく材料費がかからないよう工夫していろいろやってますよ。人を雇ったりはできないから、編集も自分でやってます」

「お笑いの動画もあるの？」

「ありますけど、そうじゃないほうが多いです。お笑いのネタは、意外と再生回数がいかないんですよ。何せ知名度がないんで。だから最近は上げてません」

「お笑いじゃないネタも、自分で考えるんだ？」

「はい。考えて、撮って、編集です」

「大変」

「まあ、好きでやってるんで。時間はあと二時間ぐらいほしいですけどね。一日二十四時間じゃなくて、二十六時間にしてほしいです。いや、三十時間でもいいかな」

「睡眠時間を削ったりしてるんじゃないの？　だいじょうぶ？」

「それはだいじょうぶです。一日八時間寝てます。おれは寝なきゃダメなほうなんで、一日三時間とか四時間とか、そういうのは無理です。だから、寝てないアピールとかはしたことないですよ。がっつり寝てるんで。ただ、起きたらすぐ動きます。すぐ動画の撮影にかかって、すぐお笑いのネタつくって、すぐ演技の稽古をします」

「演技の稽古って、何をするの？」

「設定を決めて、その日一日その人になります。例えば金持ちの息子とか、身寄りがまったくない人とか。シンプルに会社員とか公務員とか、そういう日もありますけど」

「別人になって、言うことが変わったりするの？」

「言うこともそうだし、口調を変えたりもしますね。あとは歩き方も変えてみたり。金持ちの息子と身寄りがまったくない人では歩き方もちがってくるだろうから」

「一日それをやるんだ？」

「はい。動画撮影のときもそのキャラでやったりします。気づかれないですけどね。人はやっぱ外見で人を見るんで」

「じゃあ、今日も誰かになったりしてる？」

「いえ。今日はおれ。池本悠です。だよね？　楓」

「よくわかんないよ」

「カノジョがわかんなきゃマズいでしょ」と和香が笑う。

「でもそんなことばかりやってるから、たまに自分でもわかんなくなることがありますよ。おれは今おれだよな？　と思ったり。ただ、今はほんとにおれです」

「お笑い芸人志望で役者志望でもあって企画系ユーチューバーでもあって楓のカレシでも

ある悠くん、だ？」

「はい。ちゃんとおれとしてしゃべってます」そして池本悠は言う。「あ、お母さん、これ、ホタテも三つめいっちゃっていいですか？」

「どうぞ」

「ありがとうございます。では」

池本悠はその三つめのホタテを一口で食べる。

「いや、マジでうまい。寿司はいいですね」

「明日は寿司職人になってみれば？」

「そうします。まだ下働きだけで寿司を握らせてもらえない寿司職人、なんていいかもしんないですね。そういう、ちょっと屈折した人のほうがやりやすいです」

「やりやすい人ばかりやってたらダメなんじゃないの？」

「あぁ。確かに」

「若きスター寿司職人、みたいなのをやったら？　ミシュランの星三つの店をまかされたスター。歩き方とか、自信に満ちてそうじゃない」

「ですね。やってみます。いいやつなのか、実はいやなやつなのか。やりながら考えますよ」

と、そんなふうに、二時間あれこれ話した。初対面の相手と二時間。結構な長さだ。

十五分遅れたので、始まりは午後一時十五分。終わりは三時十五分。池本悠は帰っていく。駅まで送るから、と言い、楓も一緒に出ていく。二人で話したいこともあるのだろう。

　玄関から居間に戻り、ソファにドサリと座る。ドッと疲れが出たのを感じる。

和香はすぐには座らず、さっそくてきぱきとあと片づけにかかる。居間とキッチンを何往復もする。

「よかったよ、和香がいてくれて」と声をかける。「この場にいてくれてよかった。あれこれフォローしてくれてたすかった」

「フォローしたつもりはないけど」

「彼といろいろ話してくれたろ。おれ一人じゃ無理だったよ。あんなふうには訊けなかった」

「お父さんのために訊いたわけじゃないわよ。わたし自身が知りたかっただけ」

　グラスに残っていたジャスミン茶を飲み、ふうぅぅっと息を吐く。

「すごい人、来ちゃったな」

「は？　来てないでしょ」

「いや、来たろ」

「来てないわよ。頼もしい子だったじゃない」

「どこがだよ」

「タトゥーも入ってなさそうだし」

「タトゥーのほうがましだったろ。いや、まだわからない。見えないとこに入ってるかもしれない」

「あの子は見えないとこに入れるタイプじゃないわよ。入れるなら見せる。もしかして、入っててほしいとか？」

「何で？」

「入ってたら、拒絶する理由になるから」

「いや、そんなことは」

「ない？　拒絶、してない？　しなかった？」

「いや、そんなことも」

「ないわよね。お父さんは、はっきりと拒絶してた」

「してた？」

「してた。わたしはおもしろい子だと思ったわよ。お父さんとわたしとはタイプがちがうなって。楓ともちがうなって」

「まあ、ちがうよな。全然ちがうよ」

「だから惹《ひ》かれたんでしょ、楓も。これまでは周りにいなかった子だから」

「あんなだから、楓は事前に何も言わなかったんだな」

「だとしても、悪い意味じゃないでしょ。自分でいいように言いたくなかったんだと思う。わたしたち自身に、見て判断してほしかったんだと思う」

「で、見たわけだ、おれらは」

「そうね。あとは、それをわたしたちが認められるか。いや。わたしたちが認める必要なんてないか」

「あるだろ」

「親だから？」

「まあ、そうだよな」

「親って、そんなに偉い？」

「偉いっていうのとはちがうけど」

「お父さんは、偉かったわよね」

「え？」

「さっき。あなたは偉そうだった。彼に対して、すごく失礼な態度をとってた。正直、わたし、いやだった」

あなた。久しぶりにそう言われた。いつもはお父さんだが、あなた。近いあなたではない。遠いあなただ。それでわかった。和香は、池本悠に、本当に好感を抱いたのだ。おれのためにフォローしていたわけではなく。

おれは出版社勤務。今は人事部長だが、かつては編集者だったこともある。柔軟な思考ができなければ、編集者は務まらない。おれ自身、柔軟なつもりでいた。新しいものは、好き嫌いを言わず、基本的に何でも受け入れるつもりでいた。そう。あくまでも、基本的に。

娘のこととなれば話は別だ。娘のことで、何でもいいというわけにはいかない。たとえ娘が望んだことでも、それが娘自身のためにならないなら、認めるわけにはいかない。

和香もそうなのだろうと思っていた。いや、そうはそうなのだろう。認められる基準がおれとはちがったのだ。

さっき和香は言っていた。結婚してもう三十年になるけど、お父さんのことで知らないこともあるもの。

おれにも和香のことで知らないことがあった。そういうことなのか。

和香よりは自分のほうが柔軟だと思っていた。この人は無理でしょ、と和香なら言うだろうと思っていた。言わなかった。言ってくれよ、和香。

三十年一緒にいる夫婦。

とはいえ、人と人。

ままならない。

足《あ》立《だち》夫妻　十月から十一月

「おかえり」と結麻《ゆま》が言い、

「ただいま」と僕が言う。

自分のカギでドアを開けたのにおかえりと先に言われるのは気分がいい。ただいまに対してのおかえりもいいが、この先行型のおかえりも悪くない。待たれている感じがする。なかに上がり、脱いだ靴の向きを直す。僕がやらなければ、たぶん結麻がやってくれる。が、一緒に住むことになり、自分でやろうと決めたのだ。

「ご飯できてるよ」と結麻。

「今日は何？」と僕。

「鮭《さけ》のバター焼き」

「おぉ。いいね」

「何か朝食みたいだけど」

「バター焼きは朝食みたいじゃないでしょ。塩焼きなら朝食みたいだけど。バター焼きは、ちゃんと手がかかってる感じがするよ」

「焼くときにフライパンにバターを入れるだけだよ」

「朝はそのひと手間を加える時間がないじゃない」

「そのくらいはあるよ。ないならまず鮭を焼かない。実際、いつも焼かないし」

「まあ、朝はパンだからね、僕ら」

「道哉《みちや》くんが鮭好きでよかったよ。ほんと、熊と競るぐらいの鮭好きだよね」

「そんなことないよ。鮭が嫌いな人はいないでしょ。カレーが嫌いな人は知り合いに一人だけいたけど、鮭はいない。聞いたことない」

「でも普通、回転寿司でサーモン四皿とか食べないでしょ」

「あれは一応、全部ちがう種類だったじゃない。焼きトロサーモンとか、炙りチーズサーモンとか。あれをやられたら頼んじゃうよ」

「で、どうする？　鮭、焼いちゃっていい？」

「うん。お願い」

「バター、入れ忘れたりして」

「それは忘れないでよ。聞かされた以上、もうバター口《ぐち》になっちゃってるから」

「バター口って何よ」

　マスクを外し、バスルームにある洗面台のところでうがいをして手を洗う。それから寝室に移り、部屋着にしているプルオーバーのシャツとジョガーパンツに着替える。

　そしてダイニングキッチンに出ていったところでちょうど鮭が焼き上がる。バター鼻《ばな》がバターの香りを嗅ぎとる。束の間、自分が熊になったように感じる。鮭が遡上する川の前に立った気分になる。さあ、出陣。鮭だ鮭だ。鮭よこせ。

というこれは現実ではない。最後の熊の部分だけではなく。すべてが僕の夢想。

実際には、自分のカギで玄関のドアを開けても、結麻はいない。おかえりとも言わない。僕は電気を点《つ》けてただいまと言うが、それは独り言。なかに上がり、脱いだ靴の向きを直すのは本当。と言いたいところだが、ここ何日かでそれもやらなくなった。

そのあとの鮭がどうのというあの会話もすべて夢想。結麻はいないのだから、鮭を焼きもしない。僕が回転寿司でサーモン関係を四皿食べるほど鮭好きだというのと朝はパンだというのだけが本当。

マスクを外し、バスルームにある洗面台のところでうがいをして手を洗う。それから寝室に移り、部屋着にしているプルオーバーのシャツとジョガーパンツに着替える。

そしてダイニングキッチンに出ていっても、ちょうど鮭は焼き上がらない。バター鼻がバターの香りを嗅ぎとりもしない。湿気が抜けていくらかひんやりした十月終わりの空気に身を包まれるだけだ。

イスを引いて、座る。ダイニングテーブルに置かれているのは、洋風幕の内弁当。置かれている、といっても、用意されていたのではない。ついさっき自分で置いたのだ。帰りにコンビニで買ってきたのだが。鮭が入っている和風幕の内弁当にすればよかった。おかしな夢想をしたせいで、バター口ならぬ鮭口になってしまっている。もう少し早く夢想していれば、コンビニで弁当を買うのでなく、駅の向こうにある安めの回転寿司店に寄ることもできたのに。

はあ、とはっきりしたため息をつく。

結麻がいたとき、毎日のご飯は必ずこのダイニングテーブルで食べた。二人、向かい合って。あれこれ話をしながら。

休みの土日は必ず一緒に食べた。仕事がある日でも、時間が合えばなるべくそうした。結麻がつくってくれたものを食べることもあったし、どちらかが買ってきたものを食べることもあった。そこはＬＩＮＥでやりとりした。〈九時に帰れるならわたしがつくるよ〉とか〈僕が惣菜《そうざい》を買っていくよ〉とか。

結麻が鮭を持ちだしたのはそんなときだ。そんなふうに一緒にご飯を食べているとき。

道哉くんは鮭があるものは何でも鮭だよね。ここまで鮭が好きなのは、道哉くんと熊ぐらいだよね。

鮭があるものは何でも鮭。お茶漬けのもとも鮭で、ふりかけも鮭で、おにぎりの具も鮭、ということだ。

確かにそのとおり。お茶漬けのもとは、梅も捨てがたいが、やはり鮭。ふりかけはもう、断然鮭。おにぎりは、一つだけ買うなら鮭にするし、二つ買うなら一つは必ず鮭にする。日によっては二つを鮭にすることもある。一つは手巻おにぎりの鮭で、もう一つは直《じか》巻《まき》おにぎりの鮭にするとか。

僕は牛丼店でも鮭定食を頼んだりする。牛皿定食みたいなものではなく、純粋な鮭定食。朝に限らない。夜でもそう。牛より鮭。

イスから立ち上がり、電子レンジに洋風幕の内弁当を入れて、温める。七百ワットで一分。電子レンジの前で待ち、ピー、という音を聞いて、取りだす。

そしてダイニングテーブルに戻るつもりが、わきを通過。居間に行き、弁当を布張りソファの前のローテーブルに置く。

リモコンでテレビをつける。やはり一人で食べるときはそうしてしまう。音がほしくなるのだ。スマホの音では弱い。それだと、部屋に行き渡る感じにならない。ドラマよりはこちらだろうということで、バラエティ番組を選ぶ。ワチャワチャ騒がしそうだが、今はそれでいい。

ソファに座り、いただきま、まで言ったところで立ち上がり、再びダイニングキッチンへ。冷蔵庫から発泡酒の三百五十ミリリットル缶を取りだし、戻ってくる。

糖質ゼロ、プリン体もゼロ。結麻が選んだ銘柄だ。正直、プリン体のことはよくわからないが、それが売りになるくらいだからゼロのほうがいいのだろう。

というわけで。今日も飲んでしまう。

その三百五十ミリリットル缶一本にはしておくつもりだ。つまみは弁当に入っているグリルチキンとコロッケ。ご飯はバターライスだから、おかずなしでもいける。結果オーライ。

と、そこで気づく。バターライス。それが頭の隅にあったから、鮭のバター焼きを思いついたのかもな。

クシッと缶のタブを開け、今度こそいただきますを最後まで言って発泡酒を一口飲み、弁当を食べはじめる。この直飲みも、結麻がいないからこそだ。いたらグラスに注ぐ。何を飲むのだとしてもそうする。

それにしても。と、もう何度も思ったことを今もまた思う。まさか結婚直後に妻と別居することになるとは。新居の２ＤＫのマンションに一人で住むことになるとは。

世田谷区。三茶《さんちゃ》。東急田園都市線の三軒茶屋。そこにしようと二人で決めた。僕と結麻。どちらの職場にも通いやすかったからだ。

僕は神保町で、結麻は京橋。距離は同じくらい。僕は東急田園都市線に乗り入れる東京メトロ半蔵門線一本で、結麻は東京メトロ銀座線への一度の乗り換えで行けた。マンションから三軒茶屋駅までは十五分歩くが、それでもトータル四十分ぐらい。歩かされる分、家賃は安くなるので、よしとした。

三軒茶屋には前から住みたかったのだ。僕も結麻も。そこには二人でよく行ったなじみのバーもあるので。

僕は出版社に勤めている。大手の出版社はたいていどこもそうだが、東京に本社があるだけ。ほかの業種の会社のように、各地に支社があったりはしない。だから転居を伴う異動はない。その意味では最高だと思っていた。なのに、まさか妻が異動するとは。妻の会社が、新婚の妻を遠方の都市に異動させるとは。

結麻は電機メーカーに勤めている。電機全般ではなく、いくつかの機器に製品を絞った会社だ。本社は名古屋にある。結麻自身、東京の大学を出ているが、実家は名古屋なのだ。今も両親はそちらにいる。

だから本社が名古屋の会社でもいいか、というくらいの気持ちでそこに入った。そして希望どおり東京支社に配属され、ショールーム運営などの仕事に当たっていた。が、ここへ来て本社に異動したのだ。本社だから、別に飛ばされたわけではない。むしろ栄転。

足立結麻。旧姓は東浦《ひがしうら》。その東浦結麻と僕が出会ったのは大学で。というか、大学で入ったインカレサークルで。

インカレサークルは、インターカレッジサークルの略。その大学だけでなく、ほかの大学の人たちとも一緒に活動するサークルのことだ。サークルの母体は、僕が通っていた大学にある。運動系、文化系、イベント系、というように分類すれば、僕のところは運動系。テニスサークルだ。いわゆるテニサー。

チャラついていると言われたら否定はしない。が、ある程度はまじめなテニサーだ。ただ遊んでいるだけでなく、テニスもちゃんとやっていた。小さな大会ぐらいにはちゃんと出ていた。

ほかの大学の人とも知り合えるインカレはいいな、と初めから思っていた。少しは体を動かしたいな、とも思っていた。ちょうどいいのがそれだった。結麻のことも、いいな、とやはり初めから思っていた。が、同じことを何人かの先輩たちも思っていたようなので、僕じゃ無理だろうな、とも思っていた。

事実、結麻にアプローチをかけた先輩が二人いたらしい。三年生の先輩と二年生の先輩だ。三年生の先輩がダメだったのを知って、二年生の先輩がチャレンジした。で、同じくダメだった。

それで何となく、東浦はサークル内で誰かと付き合う気はないのだろう、という感じになった。僕も声をかけたりはしなかった。三年生ダメ、二年生ダメ。でも一年生なら、と前向きに考えることはなかったのだ。

とはいえ、同じ一年生。友人としてそれなりに親しくはなった。ともにテニス初心者だというのもよかった。僕らは男女の性差を超えて同レベルだった。わかりやすく言うと、結麻は女子としては普通で、僕は男子としては下手だったのだ。

だからちょうどいい感じにボールを打ち合えた。山なりのボールを、ポ~ン、ポ~ン、と打ち合う感じ。相手が打ちにくいところへ返すのではなく、むしろ打ちやすいところへ返す。勝ち負けもなし。それ楽しい？　と思われるかもしれない。楽しいのだ。結麻となら。

僕らが付き合いだしたのは三年生のとき。その年の四月に入学した一年生の後輩男子が、東浦先輩ってマジきれいですよね、と言っているのを聞いて危機感を覚えた。そうなったことで、僕は結麻が好きなのだとはっきり自覚した。そこで告白した。ねぇ、僕と付き合ってくれない？

え、ほんとに？　と結麻は驚いていた。僕はまさにただの友人ととらえられていたらしいのだ。その反応を見て、やっぱ無理か、と思った。でも断られたところでそう無残なことにはならないだろう、とも思った。そう思える程度の関係にはなっていたのだ。その二年で。

　でもそこで驚いたあとに、結麻はあっさり言った。いいよ。足立くんと付き合うの、何か新鮮。

　三年生の夏前から付き合い、デートを重ねた。結麻が初めて僕のアパートに来てくれたときはうれしかった。初めて結麻のアパートに呼んでくれたときもうれしかった。それでやっと本物のカレシになれたような気がした。

　三年生の三月からは就活が始まり、そんなには会えなくなった。もちろん、ＬＩＮＥで連絡はとり合った。互いの就活の進捗状況を伝え合い、励まし合った。

　結果、僕は第一志望の出版社に入ることができた。結麻は、第一志望の食品会社ではなかったが、第二志望ではあった今の会社に入ることができた。ちなみに、その第一志望の会社も本社は名古屋だ。それを絶対条件にしていたわけではないが、結麻は名古屋絡みの会社をいくつか受けていた。

　どちらにも内定が出た時点で、僕らは二人でお祝をした。具体的には、内定祝を贈り合った。まあ、ともに就活に追われてバイトはしていなかったから、五千円程度のものだが。いや、程度というか、五千円以内ね、と事前に話し合ってそう決めたのだが。

僕があげたのはレディースのボディバッグ。色は結麻が好きなベージュだ。結麻がくれたのは二つ折りの財布。色は財布らしく黒。僕はちゃんと五千円以内に収めたが、結麻は収めていなかったことがあとで判明した。その財布、実は七千円ぐらいするものだったのだ。

　僕が検索して調べたわけではない。そんなヤラしいことはしない。結麻自身がうっかり口を滑らせたのだ。これ、すごくつかいやすいよ、と言った僕に対して、七千円のにしてよかったよ、と。

え、そうなの？　ずるいよ。と、もちろん怒らずに僕は言った。これいいなぁ、と思ったからがんばっちゃった。と、結麻は笑って弁解した。がんばって五千円に収めたこっちが恥ずかしいじゃん、と言ったら、さらに笑った。

　このときの笑顔は今も覚えている。結麻の笑顔を思い浮かべる際、いつも出てくるのがそれだ。脳裏に焼きつけられている結麻の笑顔、そのデフォルトがそれ。

　ともに働きだしてからも、交際は続いた。

大学時代に付き合いだして就職を機に別れるカップルは多い。僕らはそうならなかった。結麻はどうか知らないが、僕自身は、別れることなど考えもしなかった。環境が変わっても冷めることはない、という確かな自信があったのだ。

その自信が、働きだして丸二年続いたので、これはもう本物だと思った。この先も揺るがない。結麻を超える人は現れない。そう確信した。

となれば、やることは一つ。先延ばしにする必要はない。僕は結麻にプロポーズした。

プロポーズの言葉は普通。ひねりはなし。サプライズもなし。そのときはもう何度も行っていた三軒茶屋のバーで飲んだあとに言った。店を出てから。路地と言ってもいいような場所で。

「ねぇ」

「ん？」

「結婚しよう」

「それ、ここで言うの？」

「え？」

「この場所で言っちゃうの？」

「あぁ。言っちゃったね」

「だったらお店ででもよかったじゃない」

「いや、店では恥ずかしいよ。マスターに丸聞こえだし」

「マスターなら、聞いてないふりをしてくれるよ」

「うーん」

「わたしならそうするし」

「まあ、僕もそうするけど。で、どう？」

「ん？」

「結婚」

「あぁ。しますよ」と結麻はそこでもあっさり言った。

　というそれが今年の四月だ。結婚式と披露宴が、五ヵ月後の九月。

　プロポーズから実際に結婚するまでの期間は平均一年ぐらいらしいから、早めではあった。でもそれでよかった。お互いの両親へのあいさつや式場決めや日どり決めや新居決め。ハイペースで流れるように進むその期間を充分楽しめた。

　式と披露宴をおこなったのは東京で。結麻が通っていた大学も近い表参道。そこはちょっとカッコをつけた。結麻の両親と親戚と地元の友人たちは東京に出てきてもらった。往復の新幹線代は僕らが負担した。友人たちに関しては、せっかく来てくれるのだからと、ホテル代も負担した。いわゆるレストランウェディング。式も披露宴もとてもよかった。東京はちがう、おしゃれ、と結麻の友人たちも感心していた。それは僕ら自身も同じだった。

　結婚して会社に届を出したとき、その場にたまたま佐原滝郎《たきろう》人事部長がいた。僕の入社面接をしてくれた人だ。

　おめでとう、と佐原部長は言ってくれた。夫婦になったらなったでこの先いろいろあるだろうけど、二人で乗り越えて。

本人から直接聞いたわけではないが、佐原部長は社内結婚をしたらしい。僕にそう言ってくれたくらいだから、佐原夫妻は今もうまくいっているのだろう。

あやかりたい。と思った。

二十五歳で結婚。まずはいいスタートが切れた。とも思った。

それまでは、予定を合わせるのが大変だったのだ。遅い時間にでも、場合によっては週末にでも、打ち合わせが入ったりはするから。早く帰れそうなので結麻を誘おうと思っていたら、足立、今日は馬刺しな、と上司に誘われたりもするから。

でも結婚してしまえばだいじょうぶ。毎日朝晩は会える。少なくともそのどちらかは会える。

はずだったのに。

これが来た。十月の異動。転居を伴う結麻の異動、だ。支社から本社へ。東京から名古屋へ。

救いなのは、それが有期であること。二年。結麻は人事部の人にそう言われたらしい。一応、二年の予定です、と。だとしても、結婚直後のそれ。前々から決まっていたのかもしれないが。酷だ。しかも、一応、に、予定。不確定を感じさせる言葉が二つも含まれている。そもそも、会社人事に絶対はないのだ。二年と言われたところで、予定などすぐに変わる。変わったんです、と言われたらもうどうしようもない。それで終わり。

そうとわかってはいるのに、僕も、不確定な二つの言葉に挟まれた、二年、にすがるしかなかった。

僕よりも結麻自身のほうが落ちついていた。驚いてはいたが、異動を冷静に受け止めてもいた。総合職の会社員なんだからそういうこともあるでしょ、と僕に言った。わたしたち、二年後でもまだ二十七じゃない。

二年後はもう二十七だ、と僕は思ってしまった。そこの二年は大きい。二十代前半の二年も大きいが、三十へと向かうそこの二年はより大きい。

正直、僕は、やめてもいいんじゃないか、と思った。退職してもいいのではないか、これは充分その理由になるのではないか、と。

でもそこでそうは言わなかった。結麻が当たり前に異動を受け入れたので、言うタイミングを逃した感じだった。もう少し不満げな態度を見せてくれていたら言いやすかったのだが。

名古屋というのがまた微妙なところだった。

これが大阪ならあきらめもつく。新幹線のぞみでも東京から二時間半強。遠い。自由席でも一万四千円弱。高い。無理だ、と思える。仕事とは無関係に個人が頻繁に行き来するのは無理。だからやめることを考えてもいいのでは？　と言いやすい。

でも、名古屋。のぞみなら東京から一時間半強。遠い。とも言えるが、言いきれない。自由席なら一万円強。きついことはきついがそこそこ行き来できるのでは？　と思えてしまう。例えば品川でのぞみに乗る形にすれば、三軒茶屋からでも二時間かからずに名古屋に行けるのだ。僕が茨城の実家に帰るのと大して変わらない。やめることを考えてもいいのでは？　と言いづらい。

とにかく時間がなかった。やめるとしても、異動後にするしかなかった。僕らの新婚同居生活は二週間で終わった。結麻がいたとき、毎日のご飯は必ず一緒に食べたと言ったが。それがその二週間だ。わずか二週間。

そして遠距離恋愛ならぬ遠距離結婚が始まった。僕もこれまで名古屋には二度行った。一度は引っ越しの手伝いで。もう一度はただ結麻に会いに。

引っ越しのときは往復ともに新幹線。ただ会いに行ったときは、帰りだけ高速バスをつかった。五時間半かかったが、四千円ぐらいですんだ。

どちらがいいとは言えない。一長一短。そのときそのときでいいほうを選ぶしかない。実際、週末はいつも仕事で疲れきっている。そこから高速バスの夜行便で名古屋に行く気になるかどうか。今後、月に二度も三度もそんなことをやる気になれるかどうか。なれたところで。ただ行くだけでは意味がない。結麻のベッドで夕方まで寝ているようでは、まったく意味がないのだ。

引っ越しといっても、それ自体は完全に業者さんまかせ。費用はもちろん結麻の会社が負担してくれた。僕も、人手としては必要なかった。実際、やったのは、段ボール箱からあれこれ取りだすことぐらいだ。

結麻が住むアパートは会社が借り上げたそれ。だから家賃の負担も少ない。ワンルームかと思えば、１ＤＫ。築浅《ちくあさ》で、きれいだ。しかもそこから会社までは歩いて行ける。結麻と二人、試しに歩いて行ってみた。ものの五分。うそでしょ？　と思った。結麻の会社に対する僕の印象は、それでかなりいいほうへ変わった。社員を大事にしてるじゃん。そう思うしかなかった。

名古屋に行ったからには、複数の大型書店にも行った。もちろん、お客としてだ。

それから、名古屋特有のものを食べた。一度めは味噌煮込《みそにこ》みうどん。二度めは味噌かつ。どちらもうまかった。自分が赤味噌好きであることに気づかされた。

さらに、喫茶店でのモーニングにもうならされた。聞いてはいたが、いざ経験するとやはり驚かされる。コーヒーを頼んだだけで、トーストとサラダとゆで卵が出てくるのだ。通常でそれ。店によってはほかのものも出てくるらしい。

モーニングには、二度とも結麻と行った。二度めは僕が希望し、わざわざ早起きして行った。そのためにメイクするの？　と結麻は億劫《おっくう》がったが、してもらった。

その店で出てきたのは小倉トースト。食パンの上にあんことバターが載っていた。朝から甘いものか、と一瞬怯《ひる》んだが、これがうまかった。

ゆで卵の殻をむきながら、僕は向かいに座る結麻に言った。

「ヤバいよ。名古屋が好きになりそうだ」

「何でヤバいのよ。好きになりなさいよ」

「お義父《とう》さんとお義母《かあ》さんが住んでる町だから好きは好きなんだけど、それがなくても好きになりそうってこと」

「なりなさいよ。好きになってヤバいことはないよ」

そのあと僕は東京に戻らなければならなかった。新幹線よりはずっと安い高速バスでだ。そうなると、しばらくは新妻結麻と顔を合わせられない。直接は話せない。だから言ってしまった。

「あのさ」

「うん」

「今こうなってから言うのも何だけど」

「何？」

「会社をやめたりすることは、考えられない？」

「え？」

「今の会社をやめて東京で暮らすっていうのは、ダメ？」

「何それ。ほんとに今こうなってから言うのは何、だよ」

「でも、ほら、異動が決まったらすぐ動かなきゃいけなくて。ちゃんと話す時間もなかったし」

「だからって、今話す？　昨日わたしの部屋で話せたじゃない」

「そうなんだけど。僕自身迷ってて。でもこれからはしばらく会えないし、電話でこんなことを言うのはいやだから言っておこうと、今思った」

結麻は僕の顔を見て言った。

「そんなふうに考えてたんだ？」

「働くのはもちろんいいよ。いや、いいって言うと何か偉そうだけど。働いてはほしい。ただ。都内の会社への転職を考えてくれないかな。結婚したばかりだし、やっぱり、一緒にはいたいから」

「二年の我慢じゃない」

「それだってわからないよね。予定なんてあっさり変わるもんだし。結麻がこっちでいい仕事をすれば、こっちの人たちが結麻を置いておきたがるかもしれない。いや、いい仕事は、してほしいけど」

「道哉くんも言ってたじゃない。名古屋は思ってたより近いって」

「でも、毎週行き来できるかと言ったら、そんなことはないし」

「じゃあ、月イチは行き来するようにしようよ。それは絶対って決めよう。今月道哉くんが来たら来月はわたしが行く、とか」

「だとしても。二年は長いよ」

本社が名古屋の会社でもいいか、というくらいの気持ちで結麻がこの会社に入ったことを、今さら恨めしく思った。その本社に入社三年めの秋に引っぱられるぐらい結麻が優秀だったことも、少し。でもそれだけ能力が高ければ、中途でだって都内のいい会社に入れるだろう。来年の四月に働きだす形なら、まだ第二新卒扱いにしてもらえるかもしれない。

「わたしはやめたくない」

「僕も、できればこんなことは言いたくなかったよ。でも」

「やめてほしいの？　わたしがやめたくなくても、やめてほしい？」

　その問には答えずに、僕はこう言った。

「新婚のこの時期って、今しかないわけじゃない。なら一緒にいたいよ。僕がやめるわけにはいかないから、できれば」

　遮るように結麻は言った。

「どういう意味？」

「いや、特に意味は」

「道哉くんのほうがいい会社にいるからっていうこと？」

「別にそういうつもりでは」

「でもそういう意味だよね」

　突き詰めて言えば、そういう意味だ。ヤラしいことはヤラしい。わかっている。でも、避けられない部分だと思う。僕のほうがいい会社に入ったから僕のほうが上だとか、そういう話ではないのだ。夫婦としてベストな道を考えましょう、ということ。

　でも言ってしまったら、確かにヤラしくは聞こえる。そんなこと、僕の口からは言えない。

で、言ってはいないのに、言った感じになってしまった。そんなことを考えていたのだと、結麻には思われてしまった。実際に考えてはいたのだから、否定することもできなかった。

いつもなら穏やかな空気が流れているであろうモーニングの時間帯の喫茶店に、いやな空気が流れた。

「これも食べて」と結麻が小倉トーストの皿を僕のほうに寄せた。「わたしはゆで卵だけでいいから」

結麻とのあいだに溝ができた。これからしばらく会えないというのに、別れる直前に僕がわざわざ溝をつくってしまった。掘ってしまった。

当然、何ら結論は出ないまま、喫茶店の前で結麻と別れた。重い気分を引きずりつつ、僕は名古屋駅前から高速バスに乗った。

そこでは文庫本を読んだ。五時間半。ゆっくりと丸一冊読めるなと思い、事前に大型書店で買っておいたのだ。

タイトルは、『それ自体が奇跡』。よく知らない作家さんの本だ。

表紙の画は、並んで立っている二十代後半ぐらいの男女。二人はともに真顔でこちらを見ている。後方には、時計塔がある建物。銀座の和光か？　と思い、買ってしまった。和光では、結麻とティーサロンでお茶を飲み、チョコレートショップでチョコレートを買ったことがあるのだ。

重い気分を振り払うためにも、バスが発車するとすぐに本を読みはじめた。

表紙の画の男女がカレシカノジョではなく夫婦であることがわかった。ともに三十歳。僕と結麻のように同い歳。僕らよりは五歳上の夫婦だ。『それ自体が奇跡』という本自体が夫婦三部作の三作めであることもわかった。そでの著者紹介のところにそう書いてあったのだ。表紙をめくってのそれだから、そうと知ったうえで読みだすことになった。

裏表紙に書かれていたのはこう。

デパートで働く貢《みつぐ》と綾《あや》は結婚三年目。仕事に行き詰りを感じていた貢は、サッカーチームにスカウトされると妻に無断で入団を決める。なぜ夫はそんな重大なことを相談してくれなかったのか。不満を募らせる綾の前に現れた一人の男性客。感じもよくて、趣味も合う——夫よりも。そっと危機が忍び寄る夫婦の行方は。

一月一日に始まり、翌年の一月一日に終わる。貢と綾の田口《たぐち》夫妻。その一年の物語だ。貢と綾の一人称。それが一ヵ月ごとに切り換わった。両者の語りで話が進んでいく。この田口夫妻、同い歳であること以外にも、僕と結麻と似た点が多々あった。妻は仕事ができるとか。僕が言うのも何だが、夫はいい大学を出ているとか。

近い将来のJリーグ加盟を目指す都内のサッカークラブにスカウトされた貢。貢がそこまでの選手だとは知らなかった綾。二人はことごとくすれちがう。そして綾は、デパートの新館リニューアルに携わるスタッフの社内募集に自ら手を挙げる。それが、何と、名古屋店の新館。つまり、田口綾も、足立結麻のように、夫と離れて名古屋へ行くことになるのだ。

ほんとに？　と読みながら声が出た。そのころにはもうバスは横浜辺りまで来ていた。そして読み終えたところで、東京着。

いい時間つぶしにはなった。おかげで五時間半、退屈はしなかった。その代わり、眠れもしなかった。重い気分はそのまま続いていた。名古屋の喫茶店から、同じ感じで、ずっとだ。

近くて遠いな。名古屋。そう思った。

「初めまして。お世話になっております」と名刺を渡す。

「お世話にはなってないでしょ。初めましてなんだから」と小倉《おぐら》琴恵《ことえ》さんが言う。今四十一歳の作家さんだ。

「あ、いえ、初めましてはわたし個人がということで、お世話になっておりますは会社全体がということです」

「そんな説明いいわよ」と奥井《おくい》美奈《みな》さんが笑う。こちらは三十五歳。小倉さんの担当編集者だ。

「えーと、足立道哉くん」と小倉さんが名刺を見ながら言う。「もしかして、超絶まじめとか？」

「どう？」と奥井さん。

「超絶では」と僕。

「まじめなのは否定しないんだ？」

小倉さんがそう言うので、しかたなくこう返す。

「いえ、そういうことでも。不まじめではない、という程度かと」

「出版社の人はそうでないとね。不まじめでは困るけど、まじめでも困る」

「え、わたしはまじめですよ」

「うん。奥ちんはまじめ。でもまじめ過ぎない」

今僕らがいるのは会社の会議室。広くはない。十人程度の会議ができるそれ。テーブルやイスがあるだけの部屋だ。そのテーブルの上に、本が置かれている。でき上がったばかりの単行本が二百冊。十冊ごとの山を二十つくった。僕が。

会社。景談社《けいだんしゃ》だ。

ゴシップ誌の記事などではよく、完全にぼかしたくはないが明示もしたくないときにイニシャルを当てて社名を表記したりする。ウチの場合、K談社、になったりする。少しぼかすはずが、ぼかせない。音もそのままになってしまう。

大手総合出版社。実用書に児童書に小説に漫画。週刊誌に月刊誌。何でも出している。辞書だって出している。就職の競争倍率は三百倍だと聞いたことがある。よく入れたな、と自分でも思う。

入社面接の際は、僕もほかの多くの学生たち同様、編集者志望だと言った。が、入社して、配属されたのは販売部だった。編集部に配属された同期もいた。いきなり差をつけられたようで少しあせった。でも今は、先に販売を経験できてよかったと思っている。この経験は編集者になったときに必ず活きるだろうと。

毎年一度、二月に部署の希望を出せる。すぐにどうこうはないが、ある程度は聞いてもらえる。だからこの先一度は文芸編集をやれるはずだ。その後何年かで適性なしと判断され、よその部署に移らされる可能性もあるが。

その販売部のなかで僕が担当するのは、文芸の単行本、だ。

販売と言うと、本を数多く売ることが第一、と思われる。僕も初めはそう思っていた。が、何よりも大事なのは、事故なく書店さんに本を搬入させることだ。まずはそこ。作家さんのファンはその本を買ってくれる。発売日当日に買ってくれたりもする。そうできる状況をきちんと整えること。常に整えておくこと。それができて初めて売ることを考えるべきなのだ。

ほら、サッカーのサイドバックって、駆け上がって攻撃参加することばっか注目されんじゃん。でも一番大事なのは守備なんだよ。守備が八割。いや、九割。それと同じだよ。

と、前任者の湯《ゆ》浅《あさ》行《ぎょう》徳《とく》さんが言っていた。湯浅さんは熱烈なサッカーファンだ。販売部を出た今は文芸編集者。作家さんの誰かに血沸き肉躍るサッカー小説を書いてもらえないものかと日々画策している。

自分が推した本が売れるのはうれしい。だから本当はもっと書店訪問をしたい。書店員さんに直接新刊を売りこみたい。

でも僕が入社したのは二年前の四月。同時期にコロナの緊急事態宣言が発令されてしまったため、書店訪問はほとんどできなかった。控えてほしいと言われていたのだ。よって、やりとりはすべてメール。たまに顔を合わせても、パソコンやタブレットの画面越し。そんな状況が長く続いた。最近ようやく訪ねられるようになった感じだ。

今は社員も在宅ワークを推奨されている。出社しなければできないことはどうしても出てくるので、あくまでも、一応。

ただ、今日は出社。著者の小倉琴恵さんが会社に来てくれるのに僕が行かないわけにはいかない。そうでなくても、著者さんには会ってみたい。ご本人を知れば、販売部員として、本に対する思い入れも強まるから。

奥井さんに小倉さんの都合を訊いてもらい、サイン本作成は今日、ということになった。

小倉さんの十一月刊の新作『浪漫』。ろまん、ではない。ろうまん。浪、のわきに、ろう、漫、のわきに、まん、と、表紙のタイトル文字にも大きめのルビがふられている。それは小倉さん自身が望んだことだという。

「じゃあ、どうしますか？」と奥井さんが言い、

「こっちで誰かが表紙を押さえてくれるとたすかるかな」と小倉さんが言う。

ということで、座っている小倉さんの右側に奥井さんが立ち、左側に僕が立つことになった。奥井さんは、小倉さんがサインを書きやすいよう、めくった表紙を押さえる役。僕は、小倉さんがサインを書き終えた本をもらい、マーカーのインクが隣のページに滲《にじ》まないよう薄紙を挟む役だ。

「適当に休憩しながらやっていきましょう」と奥井さん。

「了解」と小倉さん。

「お茶、飲んでくださいね」

「うん」

デスクの上にはペットボトルの緑茶もある。それも僕が用意した。

「ではよろしくお願いします」とあらためて小倉さんに言う。「ほんと、すいません。こんなときにわざわざ会社まで来ていただいて」

「いいわよ。わたしもたまには出たい。家に送ってもらってサインして送り返すのはさすがに無理だからね。二百冊なら段ボール何箱にもなっちゃうし。前に、文庫でそれをやったことがあんのよ。百冊で二箱、だったかな。でもやっぱめんどくさいの」

「そう、ですよね」

「箱に詰め直して送るのもそうだけど。サインを書くこと自体が大変なのよ。一人だと。しかも文庫本だと」

「小さいですもんね」

「そう。左利きならまだいいかもしれないけど、右利きだと右でペンを持つでしょ？　で、めくった表紙を左手で押さえなきゃいけないから、すごく書きづらいの。左右の手を交差させるようになっちゃって。それで両手がふさがるから、本そのものを押さえられないし。だからこうやって誰かが右で表紙を押さえててくれるとたすかる」

奥井さんが本の山から一冊をとって広げ、表紙を押さえる。見返しの部分に小倉さんがサインを書く。黒のマーカーでごく普通に、小倉琴恵。芸能人のサインのように崩したりはしない。読みとれる字だ。そして書き終えた本を僕が引きとり、薄紙を挟んで表紙を閉じる。薄紙はあとで抜きとるので、本はまだ重ねない。デスクの空いた部分に並べていく。

小倉さんを中心に、右から左へと、そんな流れ作業が続く。

三人ともマスクを着けている。距離はそうとれないが、間近で向き合うわけでもないので、会話はする。今はこんなだ。

「足立くんて、若いよね。いくつ？」

「二十五です」

「あ、そんなに若いんだ」

「入社三年めですよ」

「でも結婚してるのよね」と奥井さん。

「え、そうなの？」

「はい」

「って、ごめん」とこれも奥井さん。「言っちゃってから言うけど。言っちゃってよかった？」

「だいじょうぶです。秘密でも何でもないですし」

「奥さんも景談社の人？」と小倉さん。

「いえ、よその会社に勤めてます」

「そっちはいくつ？」

「同い歳です。大学の同期生ですよ。といっても、同じ大学ではないですけど。インカレサークルで知り合いました」

「あぁ。いろんな大学の子がいるやつだ」

「はい」

「何かエロい」

「いや、何でですか」

「だってさ、そういうのって、目的はそれでしょ？　交流の範囲を広げられる、とかいかにもなことを言うだろうけど、結局はそれでしょ」

「まあ、それもなくはないでしょうけど」

「で、何のサークル？」

「テニスです」

「はい、来た、テニス。もろじゃない」

「小倉さん、偏見がすごい」と奥井さんが笑う。

「でも二十五で結婚してんのかぁ。それはすごい。やっぱちゃんとしてんだね。二十歳で結婚してるって聞くと、だいじょうぶ？　って思っちゃうけど、二十五でって聞くと、ちゃんとしてんなって思っちゃう」

「ちゃんとしてはいないですけどね」

「その五年は大事だよね。二十歳から二十五歳までの五年。もしかしたら、そこをどう過ごすかでその人の先が決まるのかも。だから足立くん、もう決まってるかもよ。というか、今まさに決まりかけてるかもよ、先が」

「それは、ちょっとこわいですね」

　こわい。決まりかけ、で今の状態だとしたら、マズい。理由はどうあれ、妻と別居。溝も完成。それは本当にマズい。

「わたしもそこで決まっちゃったのかな」

「小倉さんは二十五のころ、何をしてたんですか？」と奥井さんが尋ねる。

「パブでバイトしながら童話書いてた」

「パブ」

「といっても、スナックみたいなもんね。要はホステス。飲みに来たおじさんの相手をしながら子ども向けの話を考えてた。結婚のことなんて一ミクロンも考えてなかったな」

「あ、小倉さん、それ、ミクロンじゃなくて、マイクロメートルですよ」

「え？」

「今はそう言うらしいです。そう変わったみたいです。前にほかの著者さんのゲラで校閲者さんから指摘があって。わたしもそれで知りました」

「へぇ。でも、言う人は今も言うよね？　ミクロンて」

「言いますね。わたしもたまに言っちゃいます」

「指摘が来て、その著者さんはどうしたの？」

「今小倉さんが言ったのと同じ、一ミクロンも考えてない、という会話の言葉だったと思うんですけど。確か、一ミリも考えてない、に直しました。シンプルに」

「ミクロンだからいいのにね。音的にも。でもしかたないのか。一マイクロメートルも考えてない、とはさすがに言わないし」

「会話のなかでだから、一ミクロンのままでもありでしたけどね。その著者さんは直しました」

「そうと知らないまま書いちゃってると読者に思われるのがいやだったのかもね。わたしも、書いててたまにそんなふうに思うことがあるよ。こう書いたらまちがいなのを知らないで書いてるととられる可能性もあるかなって。でもわたしは、言いまわしを優先させて、ままにしちゃうけどね」

「それでいいと思います」

　というこのあたりはもう、作家さんと編集者のやりとりだ。僕はついていけない。が、聞いているだけでワクワクする。

「で、足立くん」と小倉さんが言い、

「はい」と僕が言う。

「一つ訊いていい？」

「どうぞ」

「できちゃった結婚とかじゃないんでしょ？」

「ないですね。できちゃってはいないです」

「おぉ。そこもちゃんとしてる。エロくない。だいじょぶ」

「何ですか、それ」と奥井さんが笑う。

「やっぱ景談社さんに入るなんて人はちがうんだね。わたしは落とされるわけだ」

「えっ？」とこれは僕。「どういうことですか？　受けられた、んですか？」

「うん。で、落とされた。一次で、きれいに。そもそも大学自体が景談社さんを受けられるレベルのとこじゃなかったんだけどね。でも面接は受けさせてくれたから、受けたわけ。スパッと落とされた。まあ、受けさせてはくれたんだから、大学のせいじゃなくて、わたしのせいだったのか」

「それで今、作家さんに。すごいですね」

「すごくないわよ。足立くんのほうがすごいじゃない。わたしが落ちた会社に受かってるんだから。二十五でちゃんと結婚もしてるし」

「いえいえ。ちっともすごくないですよ」そしてつい言ってしまう。「結婚生活は、成立してませんし」

「ん？　どういうこと？」

「別居してるんですよ」

「そうなの？」とこれは奥井さん。

「はい。結婚即別居になっちゃいまして」

「スピード離婚、みたいなこと？」と小倉さん。

「いえ、離婚まではいってないです。というか、いかないです。妻が、名古屋に異動になっちゃいまして」

「名古屋かぁ」小倉さんは僕が感じたのとまったく同じことを言う。「近くて遠いね」

「はい」と深くうなずく。「本当にそのとおりで」

「そうなんだ。知らなかった」と奥井さん。「じゃあ、何、今は一人なの？」

「ですね。２ＤＫのマンションを借りたのに、さっそく一人です」

「どこだっけ」

「三茶です。三軒茶屋」

僕は簡単に経緯を説明した。

結婚直後に結麻が異動になってしまったこと。結麻自身があっさり受け入れたので、そのときは何も言わなかったこと。僕もこれまで二度名古屋に行ったこと。その二度めに、やらかしてしまったこと。溝を、掘ってしまったこと。

そんなつもりはなかったが、結構細かいことまで話してしまった。流れで。

「モーニングの小倉トーストからまさかそんなことに」

「はい。僕もまさかでした」

「同じ小倉として責任を感じます」

「あ、いえ、トーストが悪かったわけでは」

「今は、連絡は？　奥さんと」

「ＬＩＮＥでやりとりはしてます。ただ、お互い、そのことには触れないようにしてる感じです」

「溝はできたままなのね」

「そうですね」

「奥さんもさ、会社をやめることを、一マイクロメートルも考えなかったわけではないと思うよ」

「そう、なんですかね」

「そりゃそうでしょ。足立くんがやめてほしいと思っちゃうことぐらいわかるよ。だから、異動が決まったとき、すぐに足立くんがそれを言ってたらまたちがってたのかもね」

「あぁ」

「そこですぐに言えないのもわかるけどね。それこそ、やめろって言ってるみたいになっちゃうから。悩ましいね、足立くん」

「はい」

「じゃ、今はあれだ、毎日千マイクロメートルはそのことを考えてるわけだ？」

「いや、小倉さん」と奥井さんが言う。「それ、一ミリですよ」

「ん？」

「千マイクロメートルで、やっと一ミリです」

と、まあ、そんなことを話しながら。一時間はかからずにサイン本作成は終了した。

「ハイペースでしたね」と奥井さん。

「二人がいてくれたからよ」と小倉さん。

「いや、ほんと、ありがとうございました」と僕。

「売ってね、足立くん」と小倉さんが言い、

「売ってね、足立くん」と奥井さんがくり返す。

「はい。がんばります。書店さんに猛プッシュしますよ」

「何なら奥さんにも読ませて」

「読ませます」

「小倉琴恵はがんばる女性を応援します。と、企業のＣＭみたいなことも言っといて」

「言っときます」

「じゃ、わたしはこれで」

そう言って、小倉さんはあっさり帰っていった。

小学一年生の子どもがいる奥井さんも、在宅ワークに戻るべく、帰っていった。

その後、さっそく各書店さんに本を配送する手続きをとり、僕もこの日の仕事を終えた。

神保町の会社を出たのが午後六時半すぎで、三軒茶屋に着いたのが七時。

夕食はどうしようかなと考え、ふと思いついた。久しぶりにバー行くか。軽く飲んで、ピザ食うか。

駅からそう離れてはいない、ごみごみした一画。表通りから二本なかに入ったところにあるバー『乙《おつ》』。大学時代からよく結麻と行っていた店だ。結婚後の新居を決める最後の一押しともなった店。

その大学時代、僕は東京メトロ東西線の落合に住んでいた。実家は茨城県の石岡市にあるので、通えなかったのだ。いや、通おうと思えば通えたが、片道二時間以上をかけて通う気にはなれなかった。だから大学沿線の落合にアパートを借りた。

一方、名古屋出身の結麻は、東急田園都市線の二子玉川《ふたこたまがわ》に住んでいた。多摩川のすぐ近く、ぎりぎり都内の二子玉《にこたま》だ。

付き合いだした当初は、ともに便がいい渋谷で飲むことが多かった。でもあまり落ちつけなかったので、試しに三茶で飲んでみることにした。そのときにこの店を見つけたのだ。僕も結麻も一度で気に入り、通うようになった。

特別な何かがあるわけではない。ただのバー。かしこまり具合とくだけ具合のバランスがちょうどよかった。どちらにも偏りすぎていないのだ。お客は三十代四十代が多いが、二十代がいてもおかしくない。騒ぐお客はいないが、声を潜めて話さなければいけないわけでもない。という感じ。

マスターの名前も知っている。桐生《きりゅう》経時《つねとき》さん。四十代後半。細身の人だ。一年ぐらい前から眼鏡をかけるようになった。

この店、今の名前はバー『乙』。漢字の、乙。前は、Z、だったらしい。アルファベットのZだ。読みは、ズィー、ではなく、ゼット。外の看板もZとなっていた。それが、漢字の乙とまちがわれることが多かった。そのころからバー『乙』だと思っている人たちが何人もいた。だから乙にしたのだ。看板の文字を直すのでなく、店名のほうを変えてしまった。

これから十人のお客が、Z、を、乙、にまちがえたらその時点で店名を変える。桐生さんがそう決めてからわずか一ヵ月で十人がまちがえ、店名は変わった。バー『乙』が誕生した。

まあね、バー『乙』もいいなと思ってたんだよ、と桐生さんは僕と結麻に説明した。アルファベットのZだとゾンビととられることもあってさ、それ絡みの店だと思われたりもしてたわけ。ゾンビ映画好きが集まる店、とかね。

店が開くのは午後六時半。バーだから、混むのは午後九時あたりから。空《す》いているほうが好きなので、今ならちょうどいい。僕はドアを開けて店に入った。

「いらっしゃい。久しぶり」

カウンターの内側にいる桐生さんにそう言われ、そのカウンター席に座る。

「一人？」

「はい」

桐生さんは結麻のことも知っている。が、結麻ちゃんは？　と訊いてはこない。そのあたりも、桐生さんやこの店の好きなところだ。あれこれ訊いてきたりはしない。でもこちらが話せば聞いてくれる。

このバー『乙』、外から見るとそんな感じはしないが、なかは意外と広い。カウンター席だけでなく、壁沿いにはテーブル席も三つある。ただし、どれも二人掛け。四人掛けはない。

今はまだ開店したばかりなので、お客はカウンター席に二人だけ。男女だ。そちらをチラッと見て、あせる。その二人がともにチラッとではなく、がっつり僕を見ていたからだ。

「あっ」と声が出る。

大木《おおき》夫妻。昌康《まさやす》さんと瑞代《みずよ》さんだ。

「よかった、気づいてくれて」と奥にいる瑞代さんが言う。「気づくまで待とうって言ったの、わたしが」

「いや、声かけてくださいよ」

桐生さんは言わなかったこれを、手前の昌康さんは言ってくる。

「結麻ちゃんは？」

「いないです。名古屋に行っちゃいました」

「出張？」

「いえ」

「旅行？」

「いえ。転勤です」

「そうなの？」

「新婚なのに？」と瑞代さん。

「そうですね。新婚パワーも、会社には通じなかったみたいで」

「転勤かぁ」と昌康さん。「じゃあ、足立くんは今、一人暮らし？」

「はい。今日は仕事がこの時間に終わったんで、久しぶりに来てみようと」

「わたしたちも。学校が中間テスト期間で珍しくどっちも早く帰れたんで、久しぶりに」

「そういうことなんですね」

「普通は平日なんて来られないからね」と昌康さん。

「来られない来られない」と瑞代さん。

学校、に、中間テスト。二人はともに都立高の教師なのだ。

昌康さんの科目は公民。主に政治・経済を教えている。瑞代さんの科目は英語。昌康さんが今三十七歳で、瑞代さんは一つ下。昌康さんは一浪したので、学年は同じだという。ただし、大学は別。この二人、知り合ったきっかけは、僕と結麻と同じなのだ。つまり、インカレサークルで知り合った。テニサーではない。映画のサークル。撮るほうではなく、観るほう。昌康さん自身が立ち上げたらしい。

二人もこのバー『乙』の常連。そのキャリアは僕と結麻よりずっと長い。十人のお客が、Z、を、乙、にまちがえたら店名変更。その十人めがまちがえたときも、昌康さんと瑞代さんはここにいた。居合わせたのだ。

僕と結麻がここで大木夫妻と知り合ったきっかけも、やはり映画だった。

大学一年生の終わり。だから、付き合う一年以上前。僕と結麻は二人で映画を観た。二人で、に深い意味はない。サークル仲間の何人かと渋谷を歩いていて、映画館の前を通りかかったとき、あ、わたしこれ観たい、と結麻が言いだしたのだ。

あと十五分ぐらいで上映開始、というタイミングだった。誰か一緒に観よ、と結麻が言い、その誰かが僕になった。それにも深い意味はない。皆が、わたしはいいや、おれもいいや、になって、観るのがいやでもなかった僕が残った、というだけ。

その映画『ラ・ラ・ランド』はとてもおもしろかった。初めて観たミュージカル映画だが、すんなり入りこめた。

で、バー『乙』で、僕と結麻はその話をしていた。

「あれ、女優はエマ・ストーンだったけど、男優は誰だっけ」と結麻。

「えーとね、ナントカ・ナントカ・ナントカだ」と僕。

「そりゃナントカ・ナントカだけど」

「金髪ではなくて、ちょっとヒゲ生えてて。顔は覚えてるんだよな」

「サイラス・ナントカ？」

「いや、それではなかったような」

「じゃあ、ライナントカ？」

「あ、そうかも。ライ、何だっけ」

「ライ、えーと」

「ライライライライ。ライライライライ。あぁ、ダメだ。こうなったらもう無理」

と僕がそう言ったときに、隣から。

「ライアン・ゴズリングですよ」

それが大木昌康さんだった。

「ライアン・ゴズリング！　そうでした」

「すいません。もう、言いたくてしかたなくて」

「いえ、たすかりました。ありがとうございます」

「ライアン・ゴズリングとエマ・ストーン」と結麻も言った。「そう。そうですよ」

そのあとに、瑞代さんも来店した。昌康さんとここで飲む約束をしていたのだ。瑞代さんはひとまわり歳下の僕らと話している昌康さんを見て驚いた。昌康さんが事情を伝えた。僕らはカウンター席に四人並んで話をした。昌康さんと瑞代さんが映画のサークルで知り合ったというのもそこで聞いた。さらには二人がともに都立高の教師であることも聞いた。

　それからも何度か、二人とはバー『乙』で一緒になった。土曜日の午後九時すぎ、と来る日時までもがほぼ同じだったので、かなりの確率で出くわした。

　あるとき結麻が言った。

「結婚しても二人でバーに来るご夫婦。仲がよくてうらやましいです。理想ですよ、それ」

　それが理想なのか、と隣で僕が思っていると。昌康さんが言った。

「その理想像をぶち壊しちゃうかもしれないけど。僕らもね、何年か前は相当あぶなかったよ」

　聞けば、こういうことだった。

　昌康さんと瑞代さんは結婚後何年かでうまくいかなくなってしまった。が、別れるところまではいかなかった。そこで話し合い、離れることにした。距離を置くことにしたのだ。

　でも離れすぎるのもよくないと思い、同じアパートのワンルームを二つ借りた。隣り合う部屋を、二つ。そしてそれぞれがそこに住んだ。隣同士で別居したわけだ。それは案外悪くなかった。相手と顔を合わせることはなかったが、壁越しに存在を感じてはいられたという。

その生活は二年続いた。そのあいだにもいろいろなことがあった。例えば、サークルの後輩であった森由照《もりよしてる》さんという人が樹里《じゅり》ちゃんという五歳の女の子を連れてきたりとか。樹里ちゃん。正しくは、樋口樹里亜《ひぐちじゅりあ》ちゃん。森さんの友人の娘だ。元カノがその友人と別れたあとに黙って産んだにもかかわらず、友人に押しつけた子。びっくりするほどかわいいらしい。

何故か森さんがその樹里ちゃんを一時的に預かり、昌康さんと瑞代さんのところへ連れてきた。それがきっかけで、二人もお互いの部屋に入ったりするようになった。後輩と子ども。その二つがいい触媒になったのだ。

その後、アパートの契約更新の時期が来たが、昌康さんと瑞代さんは更新しなかった。別居はそこで終了した。二人は別の二間のアパートでまた一緒に暮らすことにした。もとに戻ったのだ。だからその生活が続いたのは二年。きっちり二年。ちなみにその樹里ちゃん、今は福田《ふくだ》樹里亜ちゃんになっているという。森さんの友人福田さんが引きとったのだ。

「バカだと思うでしょ?」と昌康さんは言った。

「ほんと、無駄なのよ。電気代とか水道代とか、基本料金を二重に払うんだから」と瑞代さんも言った。

でも、無駄ではなかったのだ。そのことを昔話として明るく話す二人を見て、僕はそう思った。やっぱり離れたらダメなのだな、とも。

というそのことを思いだし、今はこう思う。ヤバいぞ。東京と名古屋。離れちゃったよ。距離にして三百キロ超。さすがに結麻の存在は感じられない。

「隣に移ってもいいですか？」と僕が言い、

「うん」と昌康さんが言う。

一応、桐生さんにも確認をとる。

「いいですか？」

「どうぞ。で、お飲みものは」

「あ、そうだ。えーと、四葉《よつば》スタウトをください」

「四葉スタウト。お待ちを」

蜜葉《みつば》ビールという小さな会社がつくっている四葉スタウト。黒ビールだ。ほかには蜜葉エールというのもある。一杯めはたいていそのどちらかにする。結麻はエール、僕はスタウトにすることが多い。桐生さんに薦められて飲んでみたらうまかったのだ。どちらも。

その四葉スタウトを飲みながら、昌康さんと瑞代さんに結麻の異動のことを話した。僕が掘ってしまった溝のことも話した。初対面の小倉琴恵さんにさえ話したのだから、昌康さんと瑞代さんに話さないわけがないのだ。

「そうかぁ」と昌康さんは言い、

「どっちの気持ちもわかる」と瑞代さんは言った。

　でも二人が言ったのはその程度。どうしたらいい、どうしたらダメ、といったアドバイスのようなものはなかった。

「夫婦が十組いたら、十とおりのもめ方があるんだね」とも昌康さんは言い、

「ということは、十とおりの収め方もあるのよ」とも瑞代さんは言った。

「結麻が二年で戻るとはっきり思えればまだいいんですけどね。何か、変わっちゃうような気もするんですよ。会社人事なんてどうなるかわからないから」

「都立高の教師は定期的に動くけどね。特に僕ら夫婦は両方がそうだから、何年かおきにどっちかが動くよ。都立なんで、限られた範囲ではあるけど。でもこうなってわかったよ。東京も、意外と広いんだよね。どっちもが東側の学校とかになったら、さすがに引っ越すべきかもな」

　うんうんとうなずいたあとに、瑞代さんがぽつりと言う。

「わたしも三十六だから、子どものことも、真剣に考えなきゃいけないしね」

　子ども。そうだよなぁ、と思う。僕は二十五歳だが、思う。


　今年の五月に姉の澪《みお》が子どもを産み、僕は叔父さんになった。

ひらがなだとおじさんになってしまうので、書くときはいつも漢字にする。二十代でおじさんはきつい。兄や姉がいれば二十代でも普通に叔父さんになるが、おじさん呼ばわりはきつい。

姉もできちゃった結婚ではないが、それに近い。結婚してすぐに子ができた。ハネムーンベイビーだと自分では言っているが、僕はちょっと疑っている。計算してみると、微妙に早い気もするのだ。

と、まあ、それはいい。疑って何になるものでもないし、弟が疑ったり計算したりすることでもない。

姉の夫は、棚瀬《たなせ》哲臣《てつおみ》さん。だから姉も今は棚瀬澪だ。五月に生まれた子は、慶。ケイ。三人は埼玉県の川越市に住んでいる。哲臣さんの実家がそちらなのだ。

といっても、そこにいるわけではなく、近くのマンションを借りている。本当に近いので、哲臣さんの両親が慶の世話をしに来る。それを見越してそうしたのだ。哲臣さんが勤めるＩＴ会社は池袋にあるから、不便ではない。

姉は同じ豊島区にあるイベント制作会社に勤めていたが、哲臣さんとの結婚を機にやめた。子を産んで戻るイメージの会社ではないかな、と言っていた。決して悪い意味ではなく。フットワークが軽くないときつい、ということらしい。

慶はまだ生後半年。しゃべれないし、歩けない。唸《うな》ったり這《は》ったりするだけ。でもかわいい。笑っているか、泣いているか、眠っているか。そのどれか。素の顔の割合はまだ少ない。赤ちゃんはそうなのだ。まだ五回ぐらいしか会っていないが、いつもだいたいそんな感じ。笑顔2、泣き顔2、寝顔4、素の顔2。

五回と言うと少なく感じるが、僕にしてみれば多い。半年で五回。月イチに迫るペースで会っているのだ。叔父が甥《おい》に。そのうちの二回は結麻も連れていった。一回は婚約者として、一回は妻として。二回めのときに結麻は言っていた。義理の甥って、何か不思議。血のつながりはないのに、お義姉《ねえ》さんの子と考えれば身近。遠いのに近い感じがする。遠いのに近い。名古屋だ。

三軒茶屋から川越は電車で一時間かかる。それでも僕はほぼ月イチで行っている。休みの土曜か日曜に。会いたいのだ、慶に。

慶に会うということは、姉にも会う。土日だからたいてい哲臣さんにも会う。日によってはその両親とも会う。自分も働きだしてからそこまで姉に会うことになるとは思わなかった。僕らは仲のいい姉弟でもないのだ。共通の趣味嗜好がないから接点もない。慶がその接点になった。姉が僕を呼ぶわけではない。僕が慶を見に行く。パンダを見に来てるみたい、と姉は言う。近いかもしれない。

道哉も抱きな、と姉に言われて抱いたこともある。やわらかくて軽かった。そのままそう言ったら、それが人間に対する感想？　と言われた。そのあと姉は、叔父さんひどいんでしゅよ、と自分の腕のなかの慶に言った。慶は笑っていた。その笑顔もかわいかった。

そして姉に友人が続いた。高校時代の友人日下部《くさかべ》育巳《いくみ》が子を持ったのだ。

人間、二十五歳にもなるとそんなことが増えてくる。夫や親になる同世代が増えてくる。

僕も結婚は早かったが、育巳はさらに一年早かった。二十四歳。コンサルティング会社への入社二年めの秋に結婚した。僕の姉同様、すぐに子ができた。こちらに関しては、僕もできちゃった結婚を疑ってはいない。ちゃんと結婚から一年後、丸十二ヵ月後に生まれているから。蕾《つぼみ》ちゃん。こちらは女の子。学年は慶と同じになる。

日下部家は新宿区の四谷に住んでいる。四ツ谷駅から歩いて行けるところにあるマンションだ。

今日はやはり土曜。今、僕はその日下部家を目指して歩いている。育巳に呼ばれたのだ。蕾の顔を見てやってくれよ、と。

四谷はおもしろい町だ。片側三車線の新宿通りからなかに入ると、もう、すぐに住宅地の感じになる。左右どちらもがそう。だから、ランドセルを背負った小学生がその栄えた新宿通りを普通に歩いていたりする。そこにはマンションもあるが、どれも規模は小さめ。思いのほか一戸建てが多い。だからこそ住宅地感も強まる。

駅からは十分かからないはずだが、道が込み入っているので、地図アプリとＧＰＳ頼み。地図上に表示された、二代目服部半蔵正成の墓、の文字に惹かれつつ、どうにかたどり着いた。

三階建てマンションの二階。間取りはウチと同じ２ＤＫ。そこには育巳と蕾ちゃんだけでなく、育巳の奥さんである逸希《いつき》さんもいた。

「どうも。日下部くんにはお世話になってます」と僕が言い、

「こちらこそ、育巳がお世話になってます」と逸希さんが言う。

「これを」と手土産《てみやげ》を渡す。

　クッキーとマドレーヌの詰め合わせだ。赤ちゃんに何をあげたらいいかわからなかったので対象を親に切り換えた結果、そうなった。

「ありがとうございます。あ、ＴＹマーク。鶴巻《つるまき》洋菓子店！　わたし、ここのお菓子好き」

「ならよかったです。土曜日なのにお邪魔しちゃってすいません」

「いえいえ。わたしは育休中で、今はずっと休みだから」

　旧姓玉越《たまこし》逸希さん。育巳と同じ会社の社員だ。僕らより四歳上。育巳は、四歳上の先輩と入社二年めに結婚したのだ。温厚に見せて、なかなかやる。

「狭いところでごめんなさいね」

「いえ」

「メイクもちゃんとしてないで。といっても、簡単にはしてるんだけど。すっぴんはとても見せられたものじゃないから」逸希さんは育巳に向けてこう続ける。「いや、見せられるよ、とか言ってよ」

「ダンナが言うのも変でしょ」と育巳は苦笑する。そして僕に言う。「だいじょうぶだよ

ね？　今は見られるよね？」

「だいじょうぶです。見られます」と即答する。それも失礼だな、と思いつつ。

洗面所で手を洗わせてもらう。そこでうがいもし、そのあとにまたマスクをする。それから部屋に案内される。ベビーベッドが置かれた洋間だ。

蕾ちゃんに近づきはしない。あらかじめ育巳に言っておいたのだ。万が一があるとマズいんで近づきはしないから、と。

蕾ちゃんは生後一ヵ月。そのベビーベッドに寝かされている。

遠くから、背伸びをして、見る。距離は二メートル以上あるが、どうにか顔は見える。

蕾ちゃん、眠ってはいない。目は開けている。僕の存在に気づいているのかはわからない。泣きはしないが、笑いもしない。そう。素の顔だ。

背伸びはやめて一歩後退し、育巳に言う。

「何か、すごいね」

「何が？」

「いや、蕾ちゃん、一ヵ月前まではこの世にいなかったんだと思うとさ。もちろん、奥さんのお腹にはいたんだけど。考えたら、それもまたすごいし」

「何が？」

「いや、それまで十ヵ月も人のお腹にいた人が今ここにいると思うとさ」

「あぁ」

「それって、人間が経験する一番大きい環境の変化でしょ」

「うーん。でも、そこでやっと生まれるわけだからね」

「その前からもう人間にはなってたでしょ。こんなこと言うのはあんまりよくないけど。例えば流産した人だって、子を失う悲しみは同じはずだし」

「すごいこと考えるね、足立くん」といつの間にか背後にいた逸希さんが言う。

　うわ、聞かれてた、と一瞬あせる。

「あぁ、すいません」

「何で謝るのよ」

「何か、微妙に失礼のような」

「誰によ」

「赤ちゃんにというか、お母さんにというか」

「そんなことないわよ。わたしもね、すごいと思った。蕾を産んだとき。だって、確かに十ヵ月お腹にいた子が外にいるんだもん」

「いや、外にって」と育巳。

「母親になった！　とか思うのはもうちょっとあとなのね。そのときは、あぁ、ほんとに出てこられるんだ、ほんとにちゃんといてくれたんだ、と思った。赤ちゃん、そりゃ泣くよね。知らない世界にいきなり引きずり出されるんだから」

　この時期はまだ、男の子か女の子か、見ただけではわからない。しかもこの距離だと、もうまったくわからない。蕾ちゃん、と知らされているから女の子だと思っているだけ。実は男の子です、と言われたら、そうなのか、と思うしかない。なのにこの言葉はやはり自然と出てくる。

「かわいいですね」

要するに、男女は関係ないのだ。僕自身もこうだったとはとても思えないが、でもこんな時期もあったのだろう。あらゆる人に大切に大切に見守られていた時期が。

蕾ちゃん。おばあちゃんになっても蕾のまま。でも若々しい。蕾おばあちゃん。いい。

そんなことを思いながらダイニングキッチンに戻り、育巳に言ってみる。

「蕾ちゃんの漢字って、名前につかえるんだね」

「うん。二〇〇四年の九月からつかえるようになったらしいよ」

「そんな細かいことまで知ってるんだ？」

「名前を付けるときにいろいろ調べたもんね」と逸希さん。

「うん」と育巳。

それはわかる。僕の姉もそうしていた。ケイという音を決めたあと、漢字をどうするかで散々悩んでいた。どれがいいと思う？　と父や母に訊いたりもしていた。弟の僕には訊かなかったが。もし訊かれていたら、僕はこう答えていた。慶、と。まさかの一致。姉と趣味嗜好、実は合うのかもしれない。

それぞれは知り合いでも何でもないが、たまたま今年母になった二人。日下部逸希さんと棚瀬澪。逸希さんのことは、そうなる前を知らないから何とも言えない。でも姉の足立澪時代は知っている。

高校生のころは女子バドミントン部のキャプテン。気が強かった。高校では部に入らなかった僕に、あんた部活ぐらいやんなよ、といつも言っていた。

哲臣さんと結婚して気はさらに強くなり、慶を産んでまたさらに強くなったが、一方ではやわらかくなった感じもする。どこがどうとは言えないが、何か、穏やかな部分も出てきた。

それは哲臣さんも言っている。気は強くなったけど優しくもなった、と。二人で話したときに言っていたのだ。僕は、どちらかといえば悪いほうの答を期待して、姉ちゃん、どうですか？　とざっくり訊いたのだが。

でも、まあ、そういうものだろう。誰だって、子を持ったら少しは変わるはずだ。男性は見ることで出産を経験するだけだが、女性は体験するのだから。

変わった結麻も早く見てみたいな、と思う。もちろん、子どもそのものも。結麻と僕の子。棚瀬慶や日下部蕾ちゃんに負けないくらいかわいい子が生まれてほしい。男の子にしても、女の子にしても。

何でも、やるなら早いほうがいい。それは確かだ。結婚も。子を持つのも。家を持つのも。

そう考えていたから、僕は早くに結婚した。幸い、結麻という理想的な相手もいたからそうできた。

　ならば子も持ちたい。早く持ちたい。


　久しぶりに結麻が帰ってきた。

　いや、実際にはそう久しぶりでもなく、せいぜい二ヵ月ぶり。会うのは一ヵ月半ぶりだ。僕が名古屋に行ったとき以来。溝ができてしまってから会うのは初めて。新婚での一ヵ月半ぶりは、やはり長い。

　今回はちょっとゆっくりできるらしい。十一月二十三日の勤労感謝の日が水曜。それに絡めて、木、金、と有休をとり、五連休にしたのだ。水曜は会社の同僚と出かける予定とのことで、木曜の昼に高速バスで来て土曜の夕方に新幹線で帰るつもりだという。二泊だ。三泊すればいいのに、と言ったら、注文してたミニテーブルが日曜の午後に届くの、と言われた。

　というわけで、金曜日の夜にバー『乙』に行くことにした。

　これは本当に久しぶりだ。働くようになってからは土曜に行くことが増えたので、金曜は学生のとき以来かもしれない。金曜に『乙』に行こう、とは初めから言っていた。うん、と返事ももらっていた。

　結麻が帰ってきた木曜の昼から金曜の夕方までは、溝などないかのように、ごく普通に過ごした。ある溝がないように過ごすのだから、それ自体普通とは言えない。でもそうした。結麻もわかっていたと思う。バー『乙』でちゃんと話そう、ということなのだと。

で、その金曜日。わざわざ混む時間に行く必要はないので、店が開いたばかりの午後六時半すぎに行った。二人で店に入ると、マスターの桐生さんが言った。

「おぉ。結麻ちゃん、久しぶり。足立くんも、いらっしゃい」

僕らが一番乗り。お客はほかにいなかった。

カウンター席に二人、並んで座る。僕が左で結麻が右。決めているわけではないが、毎回そうなる。これはほかの店でも同じ。並ぶときはその形。お互い、そのほうがしっくり来るのだ。

「何、帰ってきたの？」と桐生さんが尋ね、

「はい。明日には戻りますけど」と結麻が答える。

「名古屋。遠いね」

「バー『乙』名古屋店も出してくださいよ。そしたらわたし行きますから」

「名古屋は難しいなぁ。出せてもせいぜい二子玉かな。結麻ちゃんも昔住んでたとこ」

「そんな話があるんですか？」と訊いてみる。

「いや、ないけど」と桐生さんは笑って答える。「二軒めなんて出せないよ。ここだけで充分」

「バーは、まったく別の店になっちゃいますもんね。系列店でも」

「そうだね」

「桐生さんがいなかったらもう『乙』じゃないですよ」と結麻。

「お、うれしいね。で、お飲みものは」

結麻は蜜葉エール、僕は四葉スタウトをもらう。小さなボトルとグラスがセットで出てくる。いつも一杯めは桐生さんが注いでくれる。そしてこう言ってくれるのだ。

「ごゆっくり」

結麻と二人、グラスをカチンと当てる。乾杯、などの言葉はなし。グラスを当てるだけ。

まずは結麻がこんなことを言う。

「あ、そうだ。言うの忘れてた。本、読んだよ」

「ん？」

「小倉琴恵さんのあれ」

「あぁ」

奥さんにも読ませて、と小倉さん自身に言われたこともあり、ちゃんと自分で買って結麻に送っていたのだ。読んで、と。

「どうだった？」

「すごくおもしろかったよ。四人と結婚して四人と別れるって、相当パワーがいるだろうなぁ、と思った」

「四人の男のなかでは誰がよかった？」

「うーん。外国人かな」

「意外」

「一番遠い感じがして、逆に新鮮だったのかも」

　幸い、『浪漫』はそこそこ売れてくれている。書評家さんからの評判もいい。まあ、書評家さんは仕事でやっているから悪いことは書かないが、でもこれはそんなに評価してないな、とわかることもあるのだ。ノってほめているときは、やはり文章にその感じが出る。

　本の話のあとは、大木夫妻の話。前回ここへ一人で来たときに昌康さんと瑞代さんに会ったことを話した。

「二人とも、結麻に会いたがってたよ」

「わたしも会いたかったなぁ」

「次回は呼んでみようか。土曜に飲めそうなとき」

「うん。そうだね」

　大木夫妻とは、一応、連絡先を交換しているのだ。僕が昌康さんのＬＩＮＥのＩＤを知っていて、結麻が瑞代さんのそれを知っている。

「でも来てくれるかな。ここで偶然会うならまだあれだけど、わざわざ声をかけて、迷惑にならない？」

「それはだいじょうぶでしょ。僕らだって、もし声をかけてもらったら、迷惑とは思わないじゃない」

「まあ、そうか」

つまみに頼んだチーズの盛り合わせと野菜スティックを食べながら、それぞれ一杯めのビールを飲んだ。

二杯めは、僕が蜜葉エールで、結麻が四葉スタウト。入れ替わる。

「で、話だよね」と結麻が言う。「わたしたち、ちゃんと話さなきゃだよね」

「うん」

そのとおり。話さなければならない。

と言いつつ、実はノープラン。ただただ思いをぶつけて打開策を探すつもりでいた。

桐生さんがそれとなく僕らの前から離れる。話を聞かないようにしてくれる。

「まずはさ」と僕が言い、

「うん」と結麻が言う。

「こないだはごめん。何か、いやなことを言っちゃって」

「道哉くんは言ってないよ。わたしがいやなふうにとっただけ」

「いや、でも。結果的には言ってたよ。そんなようなことは、やっぱり僕も考えたし」

結麻がやめたほうが二人にとってはいい、ということだ。

「僕ね」

「うん」

「子どもがほしいんだよ。慶とか友だちの子とかを見て、やっぱりほしいなと思った」

「子どもはわたしもほしい」

「できれば早いうちにほしいとも思ってる」

「わたしも同じ。結婚したからには、早くほしい」

「そうなの？」

「そう」

「まだいいのかと思ってた」

「そんなことないよ。道哉くんとは知り合ってもう七年だし、二人だけの時間もちゃんと過ごせたから、先に進んでもいいと思ってる。ただね」

「うん」

「わたし、今の仕事も好きなの。何ていうか、かなり好き。今の会社にいるから仕事を好きになれたっていうことなんだと思う。自分でもちょっと驚いてる。会社の人もみんな好きだし。入社する前はいやな人もいるだろうと思ってたんだけど、そんなことなかった。もちろん、たまたまなんだろうけどね。いや、もしかしたら、わたしが鈍いのかも」

「そんなことないよ。と、そう思いたいよ」

「どうして？」

「結麻が鈍いから僕が夫に選ばれたのだとしたら、それはちょっと悲しい」

「あぁ」と結麻は笑う。「それはない。と、思うよ」

「思う、か」と僕も笑う。

「でもやっぱり鈍いのかもね。名古屋の本社にもいやな人はいないし」

「そうなんだ？」

「うん」

だったらそれはもう、結麻の会社がいい会社だということだろう。

「それでね、わたしも今日、道哉くんに話したいことがあった」

「え、何？」

あせる。一瞬思ってしまう。離婚とかじゃないよね？

「細かいことは省くけど。本社で立ち上がった若手中心のプロジェクトがあってね。わたし、そのリーダーをまかされるかもしれないの。ただ。東浦さんは二年で東京に戻っちゃうから難しいかな、とも上司に言われてて。わたしは、やりたいの。で、わたし自身が望めば、名古屋に残してもらえるらしいの」

「二年後もってこと？」

「そう。プロジェクトは三年計画だから、あと二年は向こうにいることになる。でもやりたい。チャンスだと思うし」

会社人事。やはりそうなった。が。想像していたものとはちがう。これは結麻自身の意思なのだ。それはそれでまさかではある。予想外。強い思いをぶつけてみたら、さらに強い思いをぶつけ返された感じだ。

　プロジェクトという言葉は、『それ自体が奇跡』にも出てきた。名古屋からの帰りの高速バスのなかで僕が読んだ小説だ。

　田口夫妻の綾も、まずは社内プロジェクトの立ち上げメンバーに応募した。それには落選するが、その後、新館リニューアルの人材募集にも自ら手を挙げ、名古屋へと向かうのだ。そんなところまで現実とかぶるとは。

「じゃあ」と僕は言う。「しばらくは無理か。子ども」

　言ってから、もう結麻が名古屋に残ることを受け入れてしまってるな、と気づく。

「無理ではないと思う」

　意外にも結麻は言う。

「え？」

「それを無理にはしたくない」

「いや、でも」

「上司に訊いてみたの。その三年のあいだに子どもを産むとして。育休を短めにすればプロジェクトから外れずにいることは可能ですか？　って」

「上司は、何て？」

「プロジェクトが立ち上がる来年四月からいきなり一年だと正直ちょっと困るけど、動きだしてからなら一年とってくれてかまわないって。それは東浦さんの権利だからって」

「そうか」

「だからわたし、どっちもあきらめたくない。あきらめるとか、そういう考え方をしたくない」

あぁ、と思う。僕は知らなかっただけなのだ。何を？　結麻を。もう知り合って七年にもなるのに。結婚までしたのに。

バー『乙』のなかに風が吹く。屋内なのに吹く。それで多くのことが一気に吹き飛んだ感じになる。四葉スタウトの小さなボトルを一本と、蜜葉エールを少々。まだ酔ったわけではない。酔ったから言うわけではない。そう思いながら、言う。

「僕が名古屋に行くよ」

「え？」

「そういうことなら、僕が会社をやめて名古屋に行く。子どもが生まれたら僕が世話をするよ。何年かしたらまた働くかもしれないけど、そのときも短時間の仕事にする。フルの仕事は結麻がしてくれればいい」

「何、どうしたの？」

「どうもしてないよ。僕は結麻の夫。だからそれでいい」

そう言って、蜜葉エールを一口飲む。おいしい。気持ちが晴れたから、なお。

「酔ってる？」と訊かれ、

「酔ってないよ」と答える。

結麻は野菜スティックのにんじんをカリカリ食べる。そして四葉スタウトを一口飲んで、言う。

「わたしは道哉くんの妻」

「うん」

「で、道哉くんがそうすることを望んではいないよ」

「え？」

「そんなことは少しも望んでない。道哉くんに会社をやめさせてまで自分が働きたいとは思わない。道哉くんは編集者になりたいんでしょ？　だから出版社に入ったんでしょ？　そんなに簡単にあきらめていいの？」

「いや、あきらめるというわけでは」

「それはあきらめるっていうことじゃない。そんなことはしなくていい。本当にわたしたちのどちらかが会社をやめるしかないならわたしがやめるよ。実際、道哉くんのほうがいい会社にいるんだから、そっちを選んだほうがわたしたちのためになる。でもそれはあくまでも最終手段。ほかに何かいいやり方がないか探そうよ。少しのマイナスはあっても、どうにかカバーして多くのプラスを生みだせるようなやり方。そういうのを探っていこうよ」

「そんなやり方、ある？」

「例えば子どもが生まれたとして。わたしの両親に頼ればいいじゃない。お父さんもお母さんも、喜んで孫の面倒を見るよ。そこで道哉くんが遠慮する必要はない。わたしのお父さんとお母さんはもう道哉くんのお父さんとお母さんでもあるんだから。実際にそうなったら、道哉くんは子どもに会えなくてさびしいと思う。それはちょっと我慢してもらうしかない。でも毎週高速バスで会いに来てくれてもいいし。わたしも、子どもを連れ出せるようになったら一緒にこっちに来るよ。さすがに○歳の子を高速バスとか新幹線とかに乗せるのは無理かもしれないけど、例えばお父さんの車で東京まで連れていってもらうことならできるはず。もちろんね、プロジェクトが終わったらこっちに帰ってくるつもりだよ。それは会社にもお願いする。でも今はそんなふうにやっていきたい。仕事はあきらめるとか子どもはあきらめるとか、そうは考えたくない」

すぐには何も言えない。何も言わずに、僕は蜜葉エールを飲む。ちょっと感動している。僕の妻は、すごい人なのだ。ちゃんと全体を見ている。近くしか見ておらず、感情の赴《おもむ》くままに会社をやめて名古屋に行くなどと口走ってしまった自分が恥ずかしい。

お互いに腹を割って話したことで、まさに腹が据わる。結麻の言うとおりだ。何かを成すために何かをあきらめる必要はない。二兎《にと》を追う者は一兎をも得ず。それはたぶんやり方をまちがえたから、追い方をまちがえたから、なのだ。やってみよう。二兎でも三兎でも追ってみよう。

「でもね」と結麻が言う。「子どもが最優先。それだけは決めておこう。子どもに負担を強いることになるなら、そのときは潔くあきらめよう。でもわたしたちががんばってどうにかなるなら、がんばろう」
言ったように、出版社の場合、他業種の大手とちがい、各地に支社があったりはしない。だからそこへの異動はないが、時に出張することはある。編集者なら、作家さんの取材に同行したり。販売部員なら、地方にある大きな書店を訪ねたり。

　これからはその機会も増えるだろう。これまでそういうことができなかった分、一気に増えるだろう。

　名古屋への出張。じゃんじゃんしていこう。

　朝イチの新幹線に乗って喫茶店でモーニングの小倉トーストを食べ、その夜は結麻のアパートに泊まらなければいけなくなるぐらいの数の書店をまわろう。名古屋に限らず、近郊の主要書店をすべてまわってやろう。大型にも限らず、小型書店だってまわってやろう。

船《ふな》戸《と》夫妻　十一月から十二月

「いや、元カノとばったり会っちゃってさ」と幹《みき》人《と》が言い、

「ん？」とわたしが言う。

「これがほんとに偶然でさ。おれは仕事が終わって帰ろうとしてたわけ。今日は残業って言ってたけど、それが取引先の都合でなしになっちゃって。でもメシの支度はもう終わってるだろうから、牛丼でも食っていこうと思ってたの。そしたら駅の改札のとこでばったり。向こうはちょうど出てきたところで。目がばっちり合って、あれ？　って」

「で？」

「一緒にもんじゃ食った」

「え？」

「もんじゃ焼き。月島だからさ、食いに来たって言うんだよ」

「何人かで来てたの？　その人」

「いや、一人」

「女子が一人でもんじゃ焼きを食べに来たの？」

「そう。ナツハは、ってそれが元カノの名前なんだけど、そのナツハは洋風居酒屋に勤めてんのよ。チェーン店の運営会社。だから、休みの日とかはいろいろ食べ歩いてるらしいんだよね。よその店をまわって」

「洋風居酒屋なのに、もんじゃ焼き？」

「自分のとことはちがうものを出してる店に行くことが多いんだって。そのほうが参考になるから。洋風なのにこのメニューがあったらおもしろいんじゃないかとか、そんなふうに考えるみたい」

「あぁ。でも。それで幹人も一緒に食べたの？」

「うん。いや、ほら、向こうはおれが月島で働いてることを知ってるから。だったらお店も知ってるでしょ？　って言われて。まあ、実際、もんじゃ屋もいくつかは知ってるし」

「どこが有名店かは、調べればわかるよね？」

「そうだろうけど。有名店ではないとこに行きたかったらしくて」

「それもわかるでしょ、調べれば」

「ただ、それだと、ほんとに外しちゃう可能性もあるし。せっかくわざわざ食べに来たのに、そうなったらもったいないじゃん」

「だとしても、店の名前を教えるだけでよかったんじゃないの？」

「そうなんだけど。つくり方とかよくわからないから一緒に来てって言われて」

「そんなの、店の人が教えてくれるでしょ。頼めばつくってもくれるだろうし。材料だけ出してあとは知らんぷりってことはないよ」

「でも、会うのは久しぶりだったし。すごい偶然だとも思ったし」幹人はわたしの顔を見て言う。「いや、ほんとに偶然だからね。実は事前に店を教えてくれと言われてたとか、待ち合わせをしてたとか、そういうことではまったくないからね」

「ナツハさんは、幹人が結婚してることを知らないの？」

「知らなかったけど、そこで話した。改札の前で。別れてからは連絡とってなかったから、ほんとに知らなかったよ。共通の知り合いもいなかったし」

「でも一緒に来てよとは言ったわけね」

「そう言ったのは、おれが結婚してることを言う前だよ」

「結婚してると幹人が言ったあとも、来てほしがったわけでしょ？」

「そこは正直、おれも、別にいいよって言っちゃったかな。それは気にしなくていいよって。だって、メシ食うだけだし。そんな理由でもあるし」

「そんな理由って？」

「ナツハがメニューの参考にしたいってこと。仕事の一環、みたいなこと」

「だったら一人で行くべきのような気がするけど」

「でも久しぶりに会ったら、何かそうなっちゃうよね。ただ、ほんとにメシだけだよ。もんじゃ食って、ビール飲んで、おしまい。食いながらあれこれ話はしたけど、互いの近況とかそういうのだけだし。だから美奈のことも話したよ」

「話したって、何を？」

「歳上で、出版社に勤めてるとか」

「子どもがいることも？」

「うん。別に隠すことじゃないから。言わないほうがよかった？」

「ということはないけど。自分から言うことでもないと思う」

「自分からは言ってないよ。訊かれたから答えただけ」

「訊かれたんだ？」

「そりゃ訊くよね。近況を話してるんだから」

「じゃあ、ナツハさんのことも訊いた？」

「少しは」

「結婚は、してないの？」

「してないって。カレシもいないみたい」

「それも訊いたんだ？」

「そりゃ訊くでしょ。そんな流れにはなるよ。でもそれだけ。そんなふうに話しただけ。だからこの時間」

　この時間。午後十時。確かに、飲んで帰ってきたにしては早い。

「ビールは飲んだのね」

「それは、飲んじゃうよね。もんじゃ食ってんだから」

「残業がなくなった時点で連絡してくれればよかったのに。そしたらご飯の用意もできたよ」

「いや、取引先から連絡が来たのが午後六時でさ。こっちも準備してたのに何だよそれって感じだったの。で、もうそんな時間だから今言われても困るだろうと思って、美奈に連絡はしなかった」

　そのとおりなのだろう。そのくらいの気は利くのだ、幹人は。逆に言うと。そのくらいの気しか利かない。

「ほんとにメシ食って話しただけ。ＬＩＮＥのＩＤ交換とかもしてないよ」

「そもそも、それ、知らなかったの？」

「うん。別れたときに消した。交換もしてない。スマホ、見る？」

「それはいいよ」

「見てくれたほうがおれはいいんだけど。ないとわかってもらえるし」

「いいって」

「こうやって帰ってすぐに話せばいいだろうと思ったんだけど。いやだった？」

「いやではないよ。またどうぞとも言わないけど」

「またこんなことがあったら、そのときは行かないよ」

「行かないって決めなくてもいいけど。そのときそのときで、事情はいろいろあるだろうから」

「事情によってはいいってこと？」

「そうは言わない」

「怒ってる？」

「怒ってはいないよ」そしてわたしは言う。「ナツハっていうんだ？　元カノ」

「うん」

特に知りたくもないのに、訊く。

「どういう字？」

「季節の夏に葉っぱの葉。名字は山と川の山川で、山川夏葉」

「フルネームは別にいいんだけど」

「一応、言っとくよ。それも隠す気はないから」

「だからって、言うことでもないよ。わたしが知る必要はない」

こういうところだ。幹人がちょっと鈍いのは。

まず、わたしは幹人を疑っていない。幹人が今言ったことはすべて事実だと思っている。スマホを見なくても、山川夏葉のＬＩＮＥのＩＤがそこにないことはわかっている。二人のあいだには何もない。それもわかっている。

正直に言えば、二人がもんじゃ焼きを一緒に食べたのは気に入らない。はっきり言えば、いやだ。そこまで元カノに付き合う必要はないだろう。店の前まで案内するくらいで充分だろう。だがいい意味で付き合ってしまうのが幹人だ。それは幹人の長所でもある。

人を区別しない。男性も女性も同じ。友人も元カノも同じ。

それがわかっているから、幹人が山川夏葉に付き合ったのは理解できる。幹人ならそうしちゃうだろうなと、否定的にでなく、思える。

ただ、そうと知ってしまったら。気に入らない、とは思ってしまう。そこは幹人に理解してほしい。浮気はバレないようにするのがルールとか、そんなことを言っているのではない。浮気はダメ。絶対ダメ。バレなきゃいい？　そんなわけあるか。

わたしは、幹人が浮気をしたのではないとわかっている。こうして自ら言ってくるくらいだから、幹人もわたしがわかっていることをわかっている。だとすれば。夏葉に付き合ったことを黙っている、という選択肢もあるのだ。大人なら、そちらを選んでもいい。だが言うほうを選んでしまうのも幹人だ。それもまた幹人の長所でもある。

わたしは妻なのだから、偶然再会した元カノと飲みに行った夫を責めてもいい。そうは思っているのに、責めきれない。どうしても、遠慮がある。八歳も上で連れ子もいるわたしを妻として受け入れてくれた幹人に。

幹人自身がそれでいいと受け入れたのだから、そんな遠慮はしなくていい。それもわかっている。わかってはいても、してしまう。自分が幹人に負担をかけているように感じてしまう。

洗面所で手洗いとうがいをすませた幹人がわたしに尋ねる。

「太《たい》志《し》はもう寝てる？」

「うん」

遅い時間に帰ってきたら、幹人はいつもまずそれを尋ねる。だが今日みたいなときはあとまわしになる。自分がわたしに何かを言わなければいけないとき。やはりそちらに気をとられてしまうのだろう。わたしはそれが少し不満だ。早く、いつだってまず太志、になってくれたらいいな、と思う。自然とそうできるようになってくれたらいいな、と。

「じゃあ、顔を見てくるよ」

「うん」

そこで幹人は新しいマスクを着ける。それを見て、わたしは複雑な気分になる。マスクはいいよ、とは言わない。着けるに越したことはないから。だがやはり幹人が気をつかっているのだと感じてしまう。その気遣いは、遠慮に見えてしまう。これが実の子なら幹人はマスクを着けないのではないか、という気がする。

幹人は静かに引戸を開け、太志が寝ている和室に入っていく。

そう。和室。

江東区。都営新宿線の森下駅から歩いて五分のところにあるこのマンション。間取りは２ＬＤＫで、一室は和室なのだ。築三十年。そのくらいの物件だと、二間なら片方は和室というところが多い。その代わり、家賃は相場より安い。だからここに決めた。

とはいえ、初めは、和室か、と少し思った。が、住んでみると、これが思いのほかよかった。ベッドを置く必要がないから、部屋を広くつかえるのだ。

太志はまだ小学一年生。今は三人で寝ている。うそみたいな川の字で。

太志が小さいうちにそれをしておきたい、と幹人が望んでそうなった。結果、太志くん、だった呼び名もすぐに、太志、になった。一緒に寝てるのに太志くんもないよ、と幹人は言っていた。わたしも、太志が小さいうちにシングルではなくなれてよかった。

わたしの母もシングルだった。父と離婚したのだ。そのときわたしはまだ三歳だったから、父のことはほとんど覚えていない。名字が細渕《ほそぶち》から奥井に変わったのをかろうじて覚えている程度。

幼稚園に通うはずだったわたしは、母の離婚によって保育園に通うことになった。幸いにも、そのとき住んでいたマンションの近くに、遅くまで預かってくれる保育園があったのだ。あれは本当にたすかったと、わたしが大きくなってから母が言っていた。

二十四歳でわたしを産んだ母美伸は五十九歳。よく、ヨシノブ、と読まれ、男性とまちがわれるが、ミノブ、だ。ベッドをつくる会社の社員。今は大田区の営業所にいる。だから六郷土手のマンションに一人で住んでいる。京急本線の六郷土手。東京都の端も端。多摩川のすぐ近くだ。

母はわたしを産む前からずっとその会社にいる。後の離婚を予想していたわけでもないだろうが、結婚するときもやめなかった。今はそれが当たり前だが、当時はまだ結婚を機にやめる人も多かったらしい。やめれば、と父には言われたようだが、母はやめなかった。賢明だ。

母は定年後も再雇用で働くつもりでいる。歳をとって働けなくなったら自分の会社の介護ベッドをつかうわよ、と言っている。なのに娘であるわたしの寝室は和室。ベッドを買ってあげられなくてごめんね、と謝ったら、母はこう言っていた。ウチのは高いからいいわよ。でも買うなら言ってね。割り引くから。

ありがたい。母には感謝しかない。割り引いてくれなくても、その感謝は減らない。

母がそんなふうに地道に働いてくれたので、わたしが苦労したことはない。母は常に父親の不在を感じさせないよう努めてくれた。学校の授業参観にはできる限り来てくれたし、運動会にもお弁当を持って来てくれた。休日には、映画館や遊園地だけでなく、プールやフィールドアスレチックにもわたしを連れていってくれた。

わたしの教育にもお金をかけた。進学塾にも行かせてくれたし、英会話教室にも行かせてくれた。絵画教室やピアノ教室ではなく、英会話教室。そのあたりが母らしい。たぶん、将来の生活に少しでも役立ちそうなものを、ということで選んだのだ。

わたし自身、子どものころからよく勉強した。学歴がなければどうにもならないことはわかっていたからだ。

母はある程度いい大学を出てきちんとした会社に入り、ずっと働きつづけた。だからこそわたしは何ら不自由を感じることなく暮らせている。中学生のころにはもう、そういうことを理解していた。母が教えてくれたのだ。言葉でではなく、自分の身で。

おかげでわたしは第二志望の私大に入ることができた。学費が少し安い第一志望の国立大に入れればもっとよかったが、残念ながら本郷にあるその大学には落ちてしまった。
大学では、アルバイトをしつつ、勉強もした。その甲斐《かい》あって、今度は第一志望の出版社に入ることができた。自身、努力した。が、結局は、努力できるように育ててくれた母のおかげだ。

母もきちんとした会社にいたから、余裕を持ってわたしを育てることができた。それはまちがいない。だからわたしもそうできる環境は整えておきたかった。シングルになることを想定していたわけではなく。

そうなのだ。想定していたわけではない。そういうことではまったくないのだ。

だが結局、わたしもシングルになった。細渕美奈から奥井美奈になり、浜崎《はまさき》美奈で落ちつくだろうと思ったのに、また奥井美奈に戻った。

もしかしたら、そうならないようにとの意識が強すぎたのかもしれない。そうならないように、と常に意識することで、離婚自体も常に意識するようになってしまったのだ。するとかしないとかではなく、してもおかしくないものとして。

短かった浜崎時代のことは、近いのに、あまり思いだせない。いやなことばかりだったわけではない。単純に、思いだせることが少ないのだ。何というか、薄い感じがする。太志の母親になれてよかった。ただそれだけ。それに尽きる。

元夫の浜崎友房《ともふさ》は銀行員。都市銀に勤めていた。悪い人ではなかった。言い訳のようにこんな言葉を口にするのは何だが、結婚したぐらいだから、愛してはいたはずだ。だがそこに熱はなかった。友房にもなかったのかはわからない。平熱が低い人だった、というだけかもしれない。

そのころのわたしは文芸第一部にいた。今は第二部。第一は純文学を扱い、第二はエンタメ小説を扱う。ざっくり言えばそんな感じだ。

当時担当していた作家さんが銀行を取材することになり、それで会ったのが最初だった。友房は広報室にいたのだ。

無理のない範囲で各部署の人の話を聞く算段をつけてくれた。そのために何度もメールでやりとりした。実際に話を聞くときは同席もしてくれた。多くのことが円滑に進むよう取り計らってくれた。

そしてすべての取材が終わったあとにいきなり誘われた。そんなことをする人だとは思わなかったので、とまどった。だが悪い気はしなかった。電話での誘い方もとてもスマートだったのだ。そこはメールではなく、電話。メールだと記録に残ってしまうからそうしたのだろう。

もし奥井さんがご結婚されておらず、お相手もいらっしゃらないようでしたら、お食事でもどうですか?

どの立場からの発言なのか本当にわからなかったので、こう尋ねてしまった。

えーと、それは、二人でということですよね？　お仕事ではなく個人的にということですよね？

もちろんです、と友房は言った。

わたしはようやく少し浮かれた。友房と食事に行き、その後何度かデートもして、付き合った。二歳上の銀行員。交際相手として申し分ない。そんな気がした。

付き合って一年後にプロポーズされ、わたしは友房と結婚した。そして一年後に太志が生まれ、二年後に友房の浮気が発覚して、離婚した。あぁ、熱のない友房もそれはするのか、と思った。

たぶん、浮気相手に対してもそんなに熱があるわけではないのだ。もしかしたら、相手も同様に熱のない人だったのかもしれない。だがその手の人たちもそういうことはするのだ。ただするのだ。

そんなわけで、わたしもついにシングルになった。そうなってもだいじょうぶなように育てられた結果、そうなってしまった。育ててくれた母の意に反して。

それでも母は言ってくれた。美奈がそうしたいならすればいいよ。お母さんは美奈にどうこう言える立場じゃない。

その言葉を聞いて、わたしは初めて少し泣いた。離婚自体では泣かなかったのに、母のその言葉では泣いた。

というそれが三十歳のときだ。

その年齢のこともあってか、とりあえずひととおり終えたような気分になった。決して晴れやかではないがひと区切りついたような気分、だ。結婚、出産、離婚。ひと区切り。

わたし自身が父のことをほとんど知らないように、太志も友房のことをほとんど知らない。別れてから会わせたことは一度もない。会いたいと友房が言ってきたことも一度もない。熱はないが、変な節度はあるのだ。

わたしが初めから一人で産んだのでないことは太志に話している。もとの名字が浜崎であることも伝えている。わたしがそう訊いたわけではないが、太志は言った。そっちより奥井のほうがいい。

浜崎より奥井のほうが名字としていい、ということだ。

子どもなりに忖度《そんたく》したのかな、と思いつつ、わたしも言った。お母さんも奥井のほうがいい。

その奥井が、今度は船戸に変わったわけだ。

船戸幹人との出会いは、四対四の合コンだった。だからこそわたしも参加できた。人数合わせ要員として、気軽に。

女性側の主催者は、高畑《たかはた》聖良《せいら》。わたしの後輩だ。七歳下。前は文庫を担当していたが、今は小説景談を担当している。小説景談は、景談社が出しているエンタメ小説誌だ。対して、純文小説誌は、ただの景談。小説、が外れる。ややこしい。たまにまちがえて買ってしまう人もいるとかいないとか。

とにかく。離婚した七歳上の先輩を人数合わせ要員として合コンに誘うのだから、聖良はすごい。乗ってしまうわたしもわたしだが。

ねぇ、奥井さん、別に本気のやつじゃないんで、気晴らしにどうですか？　たまにはちょっといいお酒飲んで、おいしいもの食べましょうよ。

正直に事情を話したら、その日は母が太志の世話をしてくれることになった。母の到着を待って、わたしは出かけていった。息抜きを楽しんでおいで、と母は言ってくれた。

別に本気のやつじゃないはずが。相手は商社マンだった。それも名の知れた一流商社の人たちだ。いや、充分本気でしょ、と思った。自分にますます人数合わせ要員感が出たような気がした。

ただ、相手方にも一人、要員、がいた。それが船戸幹人だ。

わたしとちがい、年齢が外れてはいなかった。ほかの男性三人同様、二十代前半。だが同じ商社でも、枠がちがった。もちろん、幹人がそれを隠していたわけではない。すぐもすぐ。初めから自分で言った。

三人は総合商社の社員ですけど、おれは専門商社の社員です。というか、別に商社でもないのかな。

その後の説明によれば、幹人が勤めているのは、防災用品を扱う会社、だった。

変な話だが、それを聞いて気が楽になった。言わないのはフェアじゃないと思い、わたしも自分からシングルマザーであることを明かした。若い子たちとの飲み会を楽しめればそれでよかったのだ。

八人掛け。横長のテーブル席での四対四。端にいる者同士として、わたしと幹人は向かい合っていた。そうなると、必然的に会話も増える。

意外にも、話は合った。ほかの三人はわたしのシングル告白に引いた感じもあったが、幹人はそうでもなかった。逆にあれこれ訊いてきたりした。今、子どもはどうしてるんですか？　何歳ですか？　男の子だとやっぱ家のなかを走りまわったりするんですか？　アイスはガリガリ君が好きだったりするんですか？

幹人は八歳下。聖良よりもさらに一つ下。わたしも気安く話せた。上でも下でもそう。歳が離れた人と話すのは楽しいのだ。三十を過ぎたあたりからそう感じるようになった。

おいしいイタリア料理を食べ、おいしいイタリアワインを飲んで、滞りなく合コンは終わった。ほかの六人が仲よくなったのかは知らない。聖良はならなかったはずだ。本気のやつじゃなかったですから、とあとで言っていた。

わたしは一応、幹人とＬＩＮＥのＩＤを交換した。しましょう、と幹人に言われたのだ。

意外にも、すぐにメッセージが来た。〈また飲みに行きませんか？　今度は二人で〉

何だかんだでわたしも大手出版社の社員。そこに興味を持たれたのだろうと、そのときは思った。合コンで、編集の仕事とはどういうものなのかを訊かれたりもしていたから。

誘いを断ることもできた。行きたくなければ、子どもがいるので、とあっさり断ったはずだ。が、わたしは行きたかった。幹人と話すのはとても楽しかったのだ。

何で防災用品を扱う会社に入ったんですか？　そう尋ねたら、幹人はこう答えた。うーん。人の命を守れるなら、それはいいですよね。だからかな。

その答もとてもよかった。幹人のそういうところにも、ちょっと惹かれていた。

でもまたというのもなぁ、と思いつつ、また母にお願いした。やはり正直に事情を話した。前に会った人とまた飲みに行きたいのだと。

あら、何、何、本気なの？　と言って、母は太志の世話をしに来てくれた。

何、本気なの？　と自問しつつ、わたしは幹人との飲みに出かけていった。

そこでもあれこれ話をした。そして今度はデートに誘われた。単なる飲みではなく、ちゃんとお出かけする感じのデートだ。残念だが断るしかなかった。休日の昼間だとしても、四歳の太志を一人にするわけにはいかないから。何度も母を呼びつけるわけにもいかないから。

「行きたいけど無理かも」

そう言ったら、幹人は意外なことを言った。

「じゃあ、太志ぐんも一緒にっていうのはどうですか？」

「え？」

「おれも太志くんに会ってみたいし、ガリガリ君も一緒に食いたいです。ガリガリ君とうまい棒。その男子ゴールデンコースかな。あ、でもあれか。太志くんが、いやですかね？」

「いやってことはないと思うけど」

「だったらぜひ。遊園地とか水族館とかどうでしょう？」

「船戸くんは、それでいいの？」

「いいですよ。というか、おれが誘ってますし」

遊園地と水族館。まさにその二つが一緒になった横浜・八景島シーパラダイスに行くことになった。ちょっと遠いけどそこにしましょう、と幹人が言ってきたのだ。

母の手を煩わせる必要もない。わたしとしても言うことはなかった。ただ、太志のことは心配だった。決して人見知りする子ではない。だが幹人は太志から見れば、面識のない男性。初めて会う大人の男性なのだ。保育園の人でもない。近所の人でもない。

ＪＲ東京駅の八重洲中央口で待ち合わせをした。会う早々、幹人は言った。

「太志くん、初めまして。お母さんの友だちの船戸幹人です。まず訊いておきたいんだけど。ガリガリ君は何が好き？」

「ソーダ」

「おぉ。おれも。コーラよりソーダだよね」

「うん。コーラも好きだけど」

「そう。そこなのよ。コーラもうまいの。でもソーダいっちゃうんだよな。あの手のソーダ味って、アイスでしか味わえないもんね。じゃあさ、うまい棒は何が好き？」

「コーンポタージュ」

「おぉ。それはそっちいくか。おれはやっぱサラミだなぁ。本物のサラミはそんなに食わないのに、うまい棒だとサラミ」

「ぼくもサラミ好き。あと、やきとりも好き」

「え、そんなのあんの？」

「あるよ」

「知らなかった。今度食わなきゃ」

「エビマヨネーズもあるよ」

「それは知ってる。食ったことはないけど。うまいの？」

「うん。でもコーンポタージュほどじゃない」

「そうか。でも一応食ってみるかな。やきとりとエビマヨネーズ。うん。食ってみる」

と、そんな具合。二人は東京から横浜まで、電車に乗っているあいだ、ずっとお菓子の話をしていた。


そして。横浜・八景島シーパラダイス。

知らなかったが、水族館が四つもあった。イルカを間近で見た。近っ！　と幹人が言い、デカっ！　と太志が言った。

アトラクションの数も思ったより多かった。身長制限で太志が乗れないものも結構あったが、乗れるものは全部乗った。シーボートとかメリーゴーラウンドとか、シーパラダイスタワーとか。

レストランではオムハヤシライスを食べた。そのあとにカフェでパンケーキも食べた。

自分たちへのお土産も買った。

わたし自身楽しかったが。太志が楽しんでいることがうれしかった。

「いや、こんなにいろいろあると思わなかった」と幹人は言った。「これなら一日いられますね。だからホテルもあるのか。今度は泊まりで来ましょう。って、別に変な意味じゃなく」

笑った。変な意味でもいいかな、と思った。あと二、三年もすれば太志も大きくなり、身長制限にも引っかからなくなるだろう。そのときはすべての乗りものに乗りたい。

というそれを、その日の別れ際に幹人も言ってくれた。

「太志くんがもうちょっと大きくなったらまた行きましょう」

「太志も行きたい？」

わたしがそう訊くと、太志はこう言った。

「行きたい！」

忖度はないように聞こえた。幹人を好きになる許可を得たような気がした。

いや、その時点ですでに、わたしは幹人を好きになっていた。そんなふうに自然と、だが熱を持って、好きになれた。

友房とのときは、結局、わたし自身が相手の勤め先だの収入だのを気にしていたのだ。そんなことばかりに囚《とら》われていたのだ。そう痛感した。

次に会うときにはもう、幹人を家に呼んだ。太志と二人で住んでいた２ＤＫのマンション。今の森下から五駅下った東大島にあるそれだ。

太志の心配をする必要がないので、家に呼べるのは楽だった。それからはそのおウチデートが続いた。幹人はいつもお土産にとうまい棒の詰め合わせを持ってきてくれた。うまい棒、いろいろ味。八百円ぐらいする大きなパックだ。

三人で映画を観に行ったり、ファミレスに行ったりもした。毎週のようにだ。

それでも、結婚にはやはり慎重になった。

ただの結婚ではない。わたしの場合は再婚。再、の重みが加わる。二度めだからと気軽にかまえられる人もいるようだが、わたしはそうはなれなかった。そこからは未知の領域なのだ。母がその道に足を踏みだすことはなかったから。

再婚を意識したそのタイミングで、わたしは幹人にある事実を告げた。もうこのあたりでは言っておくべきだろうと思って。

それは、二人めは難しいかもしれない、と医師に言われたこと。太志を産んだあとにそう言われたのだ。無理、と断じられたわけではない。あくまでも、難しい。

午後十時すぎ。太志を寝かせてから、わたしは幹人にそのことを話した。ダイニングキッチンで。テーブルを挟んで向かい合って。

「そうか」と幹人は言った。「でもいいよ。太志くんがいるからね。おれは別に子どもがほしくて美奈と付き合ったわけでもないし」

「本当に、だいじょうぶ?」

「だいじょうぶ。おれは美奈が好きで、太志くんも好き。太志くんは、どうかな。おれを好きかな」

「そんなの、訊くまでもないわよ。見ればわかるじゃない」

「わかる？」

「わからないの？」

「うーん。これまでそんなふうに見たことがなかった」そして幹人はこう続けた。「今気づいたんだけどさ」

「何？」

「おれら、結婚する感じで話してない？」

「あぁ。そう？」

「うん。もう決まってるみたいに」

「ごめん。わたしが変なこと言っちゃったからだね」

「変なことじゃないよ。で、聞いちゃったからには、おれも言うよ。美奈、結婚しよう。指輪とか用意してないけど、それはあとでやるから。パカンと箱の蓋開けて、美奈、ずっとおれの朝メシをつくって、みたいなことはあとで言うから。して。結婚」

「幹人は、いいの？」

「いいよ。したいよ」

「じゃあ、よろしくお願いします」

「じゃあって言っちゃったじゃん」

「ほかに何て言うのよ」

「はい、喜んで、とか」

「居酒屋じゃない」

そんなふうにして、わたしの再婚は決まった。あっさりもあっさり。

そのあとにも、わたしは一度提案した。二人めをつくることをだ。

それを聞いて、幹人は言った。

「やめとこう。おれは反対。美奈を危険にさらしたくないよ」

「わたし自身がどうしても産みたいと言っても？」

「うん。それでもおれは反対」

自分の子どもという意味で、わたしは言った。

「子ども、いらないの？」

幹人は少し驚いたような顔でわたしを見て、こう返した。

「太志くんがいればいいよ」

「絶対に無理とお医者さんに言われたわけじゃないし」

「仮に、元気な子が生まれて、美奈の体もだいじょうぶだったとするじゃん」

「うん」

「それでも、おれはたぶん負い目を感じるよ。おれは美奈に無理をさせたんだなって、そうは思っちゃうような気がする。ずっと思いつづけちゃうような気がする」

と言っているということは、やはり自分の子を持ちたいのかな、と思った。

そんなわたしの思いを察したのか、幹人は言った。

「まだ結婚前なのに言っちゃうけど。太志くんはおれの子だよ。美奈の子なんだからおれの子。こんな言葉はできればつかいたくないけど、おれの本当の子だよ」

「そう思ってくれるなら、うれしい」

「そう思ってあげてるんじゃなくて、そうなんだよ。例えばの話、美奈が明日事故で死んじゃうとするよね。そしたらおれがお義母さんに太志くんを返して、はいさよならってすると思う？　おつかれっした〜ってなると思う？　おれ、そんなに信用されてない？」

「信用は、してるよ」

「おれはさ、お義母さんに太志くんを返してって言われても、返さないよ。だって、おれは太志くんの父親なんだから」

それにはわたしもちょっと驚き、幹人の顔をまじまじと見てしまった。この人となら結婚したいな。あらためてそう思った。

そして結婚する直前、わたしは幹人に一冊の文庫本を渡した。

あまり有名ではない作家さんの本。夫婦三部作の第一作。『その愛の程度』だ。

この本は、まず、表紙の画がいい。リビングとつながったダイニング。テーブルの上には三人分のお箸や食器が置かれている。だが人は不在。その不在感がとてもいい。

主人公は、日用品会社の社員豊《とよ》永《なが》守《もり》彦《ひこ》。今のわたしと同じ三十五歳。

守彦は妻とその連れ子との三人で暮らしている。この豊永夫妻、妻は守彦より歳上。わたしたち船戸家と同じ感じだ。子どもは女の子。守彦はその子となじめず、二人と別居することになる。気遣いはするも、すべて空まわり。努力もするのだが、仕方をまちがえてしまう。常に自分が一歩引き、結局は離婚してしまう。

読まないかとも思ったが、幹人は読んでくれた。小説なんて久しぶりに読んだよ、と言っていた。

「どうだった？」と尋ねてみた。

「守彦の会社の後輩がよかったね。カノジョにブンブン振りまわされるあの彼。あまりにバカっぽくて、おれかと思った」

興味を引かれたのはそこ。さすが幹人。ポイントがズレている。

「連れ子のことはどう？」

「ん？」

「守彦が連れ子とうまくいかなくなっちゃうじゃない」

「あぁ。うん」

「どうだった？」

「どうだったって？」

「幹人はだいじょうぶ？　ああはならない？」

「ならないよ。なるわけない」

本当にそうであってほしい、とわたしは思った。願った。

「あ、何、そういう理由であれを読ませたの？」

「そういう理由ってことでもないけど。幹人はどう思うかなと思って」

「それなら言ってくれればよかったのに」

「言わなくても、読めばわかるでしょ」

「おれはあの後輩のとこ中心に読んじゃったよ。神田がランチ激戦区だとか、そういうとこ。美奈の神保町もそうでしょ？　神田と近いよね？」

「うん。カレー激戦区だっていうのはよく聞く」

「その激戦区を駆け巡るサラリーマン戦士にランチセットの量のごまかしは利かないとか、ちょっと笑ったよ。おれもそう。セットだからってかつ丼のかつ小さくね？　とか、丼自体が小さくね？　とか思うもんな、やっぱり」

最後までポイントはズレたが、聞きたかったことは聞けた。ならないよ。なるわけない。というそれだ。連れ子とうまくいかない夫には。ならないよ。なるわけない。

わたしはその言葉を信じて船戸幹人と結婚した。

して正解だった、と思っている。

待ち合わせは午後二時。

だったら一時五十分には着くようにする。作家さんよりは先に店にいるようにする。時間があれば、三十分前からいることもある。これからする打ち合わせのことを入念に考えたり、場合によってはほかの仕事をしたりする。手持ちのゲラをチェックするとか、担当する作家さんがよそから出した新刊を読むとか。

「お待たせ」と声がかかるのは午後二時ちょうど。

これはいつもそう。小倉さん、早くは来ないが遅れもしないのだ。約束が午後二時なら、必ず午後一時五十五分から午後二時のあいだに来る。

ＪＲ東京駅の前、八重洲通り沿いにあるカフェ。その二階。小倉さんとの打ち合わせはたいていここでする。しやすいのだ。隣のテーブル席とある程度離れているから。

カフェならどこでもいいというわけでない。なかには打ち合わせに適さない店もある。おしゃれな店はたいていそうだ。テーブルがデザイン重視すぎて書きものがしづらかったり、イスもデザイン重視すぎて座りづらかったり。

だから打ち合わせをする店は何となく決まってくる。しやすければずっとそこになることも多い。作家さんによっては、気分転換になるから毎回ちがうところのほうがいいと言う人もいるが。

小倉さんは、いつもながらのカジュアルな服装。デニムのパンツに厚めのカーディガン。持っているのはファスナー付きのトートバッグ。メイクもシンプルだ。

「わざわざすいません」とわたしが言い、

「いえいえ」と小倉さんが言って、向かいに座る。

ともにマスクは外さない。コロナが始まったころは、一口飲んだり食べたりするたびにマスクを上げ下げするなんて無理でしょ、と思ったが、今はそれが当たり前。面倒とは感じなくなっている。慣れるのだ、人は。

わたしは一応メニューを向けるが、小倉さんはそれを見ずに言う。

「今日はカプチーノおねしゃ～す」

「ホットですよね？」

「です」

小倉さんの分のお冷やを持ってきた女性店員さんに注文する。

「ホットのカプチーノとカモミールティをお願いします」

店員さんは復唱し、お待ちください、と言って去っていく。

「カモミール。奥ちん、健康志向」

「そういうわけでもないですけど。前によそで飲んだらおいしかったので」

「ハーブティってさ、好きなのとそうでないのとにはっきり分かれるよね」

「あぁ。そうかもしれませんね」

「まあ、それを言ったら何でもそうだけど。特にハーブティは迫られるよ。おらおら、好きか嫌いか選べって」

「迫られますか」

「うん。奥ちんは何が好き？」

「カモミールにジャスミン、ですかね。無難なところで。あとは、ルイボスティか。小倉さんは」

「わたしは、ジンジャーかな」

「あぁ。ジンジャーティもいいですね。嫌いなのは何ですか？」

「うーん。そう言われると、出てこない。何かあるはずなんだけど。漢方薬みたいなの。これを丸々一杯飲まされたらたまらんわ、と思った覚えがある」

小倉さんはわたしを奥ちんと呼ぶ。奥井だから奥ちん。友人同士なら下の名前の美奈ちんになりそうなものだが、作家さんと編集者なので、奥ちん。小倉さんなりに距離を保っているのだと思う。わたしが結婚していることともかかっている。奥さんの変化形の、奥ちん。

小倉琴恵さん。今、四十一歳。デビューしたのは確か二十七歳だから、キャリア十四年。生き残っているわけだ。

俳優やお笑い芸人やミュージシャンと同じで、小説家も大変。毎年多くの人がデビューするが、残れるのはわずかだ。

今、本は売れない。それでも新人賞の数はそこそこある。それらを受賞してデビューするのが一般的だが、受賞しても話題にはならない。見向きもされないと言っていい。事実、新人賞の受賞作は売れない。売りになる情報がないのだ。売りがないものが売れるわけがない。だったら皆、知っている作家さんの本を買う。

小倉さんは、『ジョニイのルナパーク』という作品で小さな童話賞をもらった。本当に小さな賞だ。しかも童話。見向きもされなかった。短編なので、本にもならなかった。が、作品を評価した大手出版社から声がかかった。残念ながらウチではない。よそ。稀《まれ》にそういうこともあるのだ。編集者の誰かが何らかの形でたまたまその作品を読む。おもしろいな、と思う。声をかけてみよう、となる。新人賞を受賞していない人がデビューするときはこの形になることが多い。

小倉さんはその出版社から、一般向けの連作短編集『カリソメのものたち』を出した。本になったという意味では、それがデビュー作だ。

近い将来の取り壊しが決まっているコーポカリソメというアパートに住む五人の若者たちの姿を描いた連作。

仮初《かりそめ》の住まいであるワンルーム。そこから、それぞれの一歩を踏み出していく五人。一人一人に直接的なつながりはないものの、各短編の最後で、その各主人公たちは様々な理由から隣家を訪問する。例えば自宅に誤配された郵便物を届けに。例えば自室のエアコンの室外機の音がうるさくはないかと尋ねに。そんなふうにリレー形式で各部屋がつながっていく。

この小説は当たり、後に映画にもなった。シナリオを書いたのは、何と、小倉さんの兄直丈《なおたけ》さん。監督は都丸聡一《とまるそういち》で、主演は鷲見翔平《わしみしょうへい》。脇役で出ていた百波《もなみ》は助演女優賞をとった。新聞社主催の映画賞のそれだ。

『カリソメのものたち』の成功を受け、わたしたち景談社も小倉さんに声をかけた。別に乗っかったわけではない。まだ映画化が決まる前の話だ。小説が出た段階で、ウチもぜひ小倉さんに書いてもらおう、となった。

初代の担当は石谷広継《いしたにひろつぐ》さん。だがこの石谷さんが編集長になったため、二代目としてわたしが引き継いだ。それからもう三年になる。

「次、どうしましょう」とわたしが言い、

「次、書かせてもらえるわけね」と小倉さんが言う。

「もちろんですよ。書いてもらわなければ困ります」

「『浪漫』はどう？　売れてる？」

「まずまずです」

「まずまずか。そこまで売れてはいないってことだ」

「これからですよ。評判はいいですし」

「評判はよくても本は売れない。世の中どうなっちゃったんでしょ。って、まあ、わたしがデビューしたころはもうすでに本は売れなくなってたけど」

「そんななかデビューできたんだから小倉さんはすごいですよ」

「それを言ったら、デビューした作家はみんなすごいってことになっちゃうじゃない」

「ほんとにそうですよ。わたし、デビューした作家さんはみんなすごいと思ってます。今、自作をネットで公開したりもできるから裾野は広がりましたけど、枠自体が増えてるわけではないから出版にまでたどり着ける人は少ないです。そのなかでデビューできるのはすごいですよ」

「奥ちん、お上手」

「いえ、わたし、これ、本気で言ってますよ」

カプチーノとカモミールティが届く。それぞれにマスクを下げて、一口飲む。

「で、次ですよ」とわたしが言い、

「うん。次ね」と小倉さんが言う。

「『浪漫』とはまたちがった感じでいきたいですよね」

「というと?」

「テイストは保ちつつちょっと離れるというか。ちがうんだけど小倉琴恵感はあるというか」

　小倉さんは、人と人の微妙なすれちがいを描く。すれちがい続ける人々を描くと言ってもいい。すれちがい続けるのだから、近くにはいるのだ。近くにいて、何度も何度もすれちがう。いつまでも組み合わない。だが離れもしない。

　これまで、小説景談には二つ短編を書いてもらっている。数がそろったら短編集として出したいが、それもなかなか難しい。今、短編集を出すのは本当に難しいのだ。一編一編につながりがないと、単なる寄せ集めだと思われたりする。短編なら連作が当たり前、という感じになってしまっている。

小説景談に掲載された二つの短編。一つは、「整えた妻」。結婚する前に妻が整形していたことを知る夫の話だ。

これは現実にあり得ることだと思う。そういう人たちは結構いるはずだ。例えば二十代後半で知り合って結婚したら、相手の二十代前半までのことは何も知らないのが普通だろう。

それで前向きになれたり人生を楽しめたりするなら整形も大いにあり。なんて器が大きいようなことを言っていられるのは、身近に整形した人がいない場合。あくまでも人ごととして話す場合。した人がごく身近にいたら、揺れる。それが妻ならなおのこと。整形がいい悪いでなく。妻は結婚する前にそれを自分に言わなかった、隠していた、という気持ちには、どうしてもなるだろう。

だが言われていたらどうだったのか。自分は受け入れられていたのか。そんなの何でもないよ、それで前向きになれた君のことが僕は好きだよ、と言えていたのか。言うだけでなく、本気でそう思えていたのか。主人公である夫は揺れまくる。もう、揺れに揺れまくる。

短編のもう一つは、「そして次の角で」。街で偶然再会した元夫婦の話だ。

これもあり得ることだと思う。七年夫婦でいた二人が、別れた三年後にばったり会う。

それぞれが通りの角を曲がったところで、いきなり。
歩いていてすれちがうのでなく、その形なので、お互い、あっとなってしまう。それぞれが気づいたことをはっきり認識してしまう。とはいえ、今は他人。別れてからは一度も連絡をとっていない。連絡先も知らない。別れ方もあまりいいものではなかった。互いに消耗し、疲れきった。だからそのまますれちがうこともできる。どちらか一方がその意思を見せれば、おそらくはもう一方もそうする。何もなかったことにできる。

あっとなったあと、二人は何となく立ち止まる。久しぶり、と元夫が言い、久しぶり、と元妻も言う。そう言ってしまったからには、元気？　と元夫は言い、元気、と元妻も言う。

一瞬迷うも、二人はすぐそばにあるカフェに入り、話をする。コーヒーを一杯飲むあいだ。せいぜい三十分程度。過去を振り返ったりはしない。蒸し返したりもしない。近況を簡単に伝えるだけ。連絡先を交換したりもしない。もう会うことはないとどちらもが思っている。

そして二人は別れていく。ともに足どりが少し軽くなったのを感じて。

結果、二人の関係は改善する。もうすでになくなっていて、先もない。そんな関係なのに、少し改善する。生きることにおいては、その少しが大きい。

これはとてもいい短編だと思う。人生で不意に訪れる有意義な瞬間をうまく切りとっている。何も起きていないのに、何かが起きている。もしかしたら、わたし自身、この短編を知っていたから、元カノと一緒にもんじゃ焼きを食べた幹人を責めきれなかったのかもしれない。

　というそれら二つが短編で、小倉さんが景談社から出した最初の長編がこれ。『根間姉《ねまし》妹《まい》』。ダメな姉根間ちゆりとできる妹根間みゆりの話だ。

　ダメなのにいちいちみゆりの世話を焼こうとするちゆりと、疎ましく思いながらもちゆりを突き放しきれないみゆり。そんな二人の二十年間。みゆりが十五歳から三十五歳のときまでの姉妹の関係を描いている。

　これは結構売れた。映画化の話も来た。二つもだ。どちらも流れてしまったが。

　そして先月、十一月に出た新刊が、『浪漫』。四人の男性と結婚して離婚した女性今堀峰《いまほりみね》の話だ。

　バツ四。その段階で四十四歳。あ、四が三つそろった、と峰は思う。これって、何、縁起いいの？　悪いの？

　四人の男性。一人はかなり歳上で、一人は少し歳上で、一人は同い歳で、一人は歳下。少し歳上、は外国人だ。

　峰は、主にしょうゆをつくる食品会社の社員。特に有能ではないが無能でもない。まず、そこがいい。この手の女性は、仕事に関しては有能、まさにできる女性、と設定されることが多い。が、そこは普通。逆にダメ社員というわけでもない。で、バツ四。救いがあるような、ないような。

本文にあるこの文章がとてもいい。タイトルにも絡むので、少し長いが、単行本の帯にそのまま載せた。

ロマンという言葉をよくつかうのは男のほうだ。彼らは、男のロマン、なんて言葉を本気で、そして平気でつかう。アホか。

だがそう言う主人公の峰もまたアホ感は強い。頭はそれなりにいいはずなのに、会社員として有能ではなく、アホっぽいのだ。そこもいい。バツ四になった峰は、バツ五に向けてまた一歩を踏み出す。いや、バツ五に向けてじゃなくて単に五度めの結婚に向けて踏み出しなさいよ、と読者はツッコみたくなる。

最後はこう終わる。

どうせ離婚しちゃうから結婚しない、なんてことはしない。それがわたしの浪漫。ろまんではなく、ろうまん。

憧れはしないが応援はしたくなる主人公。大っぴらにではなく密かに応援したくなる主人公。いい小説に仕上がったと思う。

で、次作だ。これを超えるものにしたい。もっといいものにしたい。そのためにはどうするか。それを話し合う。リモートではなく、こうして対面で。

コロナにより、対面での打ち合わせはかなり減った。雑誌のインタヴュー取材なども多くがリモートでおこなわれるようになった。

わたしたち社員も在宅ワークを推奨されている。一時期はなるべく会社に出てこないようにとさえ言われた。

幸い、編集者の仕事は在宅向きと言える。ゲラを読んだりデザイナーさんやイラストレーターさんとやりとりしたりするのは自宅でもできるのだ。ただ、それでもやはり会社でなければできないこともある。それらはなるべく一日に集め、出ていく。

そんなときも、前とちがって丸一日いる必要はないから、太志の保育園へのお迎えなどはしやすかった。だからこの二年はむしろ都合がよかった。家事に手がまわらず荒れ放題だった家もようやく、放題、ではなくなった。単なる荒れのレベルに収まるくらいにはなった。

毎日会社に行っていたときは大変だったのだ。出版社は朝が遅い。社員がそろうのはたいてい昼すぎ。だから用がある人は、出社してきたところを捕まえてその用をすまさなければならない。素早くすませ、わたしはお迎えへと向かうのだ。

もちろん、夜の会食にも行けない。それはコロナで会食自体が減った今も同じだが。結構痛い。作家さんとの話は、そんな場で広がることもあるから。なかには、そんな場でしか広がらない作家さんもいる。その代わり、そんな作家さんのそんな場での広がり方は凄《すさ》まじかったりもするのだ。

コロナは小説そのものにも影響するようになっている。こうも長く続いたので、無視できなくなってしまったのだ。

初めのころは、何年か前の話、と想定して逃げることもできた。それに触れなくても違和感はなかった。だが一年も経つと無理が出てきた。触れないなら一年以上前の話にするしかない。つまり、今現在の話ではなくなってしまうのだ。だからといって、先の話、未来の話にするのも難しい。三年後にはコロナがきれいさっぱりなくなっている、とも言えなくなってしまったから。

　わたしは小倉さんに尋ねる。

「これはどうしても書きたいっていうものが、何かありますか？」

「うーん。そうねぇ」そして小倉さんはまさにその言葉を出す。「いつかコロナはがっつり書きたいと思ってるけど」

「あ、そうですか」

「うん。でも、終わってからかな。それが何だったのか、見極めてからにしたい。今はまだ日々状況が変わっちゃうからね」

「最初の緊急事態宣言のころと今じゃ、感じ方もちがいますしね」

「そうそう。初めは、感染者が都内で一日二百人、とかでピリピリしてたもんね。それがちょっと前は一日二万人とかになってたし。なのにみんな普通に出歩いてたし」

「もうしかたない、みたいな感じになっちゃいましたもんね」

「慣れちゃったんだね。落ちつかないことは落ちつかないんだけど、その落ちつかない状態に慣れちゃった」

「そのがっつり書くっていうのは、例えばどんな感じですか？」

「コロナそのものというよりは、それによって変わった人間関係を書く感じかな。結構さ、変わっちゃったじゃない。人を避けるのが当たり前になって。マスクをしっぱなしだから、人に顔すら見せないようにもなって。そのあたりを突き詰めて書きたい」

「いいですね。それもぜひウチでお願いしますよ」

「コロナ、いつ終わるかわかんないけどね。五年十年このままいくのかもしれないし。あと、そう、もう一つ考えたのがある。これは、小説景談に載せてもらうような短編でいいのかもしれないけど」

　小倉さんは説明してくれた。やはりコロナ絡みの話だ。

主人公は三十代後半の女性。コロナが始まる少し前に別れた夫がそのコロナで亡くなった。元夫だからもう関係はない。だが五十代前半。若かった。にもかかわらず、あっさり逝ってしまった。実際、コロナの初めのころにはそんな話をよく聞いた。まだ五十代だったが、容体が急変して亡くなった、とか。

で、遺族が遺品の整理をしていると、いくつかの生命保険証書が出てきた。五つ六つあるうちの一つ。その死亡保険金受取人が主人公のままになっていた。

　そして遺族から主人公に連絡が来た。

あなたと離婚したあとにその一つだけ受取人変更の手続きをし忘れたようだから、お手数をかけて申し訳ないが、死亡保険金の請求手続きをしてもらえないだろうか。

保険の契約者は、亡くなった元夫本人。契約の変更手続きは基本的に契約者本人しかできない。だからあなたがお金を受けとって、こちらに渡してほしい、ということだ。まあ、そういうこともあるだろう、と主人公は思う。一つだけ変更手続きをし忘れる、というのもありそうだ。だがやがてこう思う。いや、あるだろうか。

わたしならあるだろうが、元夫は慎重だった。その手の証書はすべて自分で管理していた。カードの類《たぐい》もわたしには渡さなかった。毎月の生活費を現金でくれていた。といって、ケチだったわけではない。わたしが自分でつかえるお金、つかっていいお金も結構くれていた。この範囲でなら何を買ってもいいよ、と言ってくれてさえいた。

離婚は、夫から切りだされた。期待していたであろう子ども。それができなかったことが大きかった。子どもがいないから養育費はなし。だが慰謝料はかなりの額をもらった。元夫はいわゆるいい家の人だから、そのくらいは痛くもかゆくもないのだ。

遺族ともめる気はさらさらない。死亡保険金の請求手続きもするつもりだ。だが一応、主人公は遺族に言ってみる。

それ、わたしはもらえないんですかね。わたしがもらうべきものではないんですかね。あの人は、その一つだけ変更手続きをし忘れたんじゃなく、そのお金をわたしに遺そうとしたんじゃないですかね。

「と、そんな感じ」と小倉さんはわたしに言う。「まだ詰めてはいないけどね。その保険金を自分のものだと確信して奪いにかかるんじゃなく、ただ言ってみるだけ。それがいいような気がする」

わたしは考えて、言う。

「どうせなら、奪いにかかってもいいんじゃないですかね」

「ん？」

「奪いにかかることで主人公がそれまでとはちがう一歩を踏み出す、でいいと思います。証書がそうなってるならそのお金をもらうのは主人公の当然の権利であって、別に悪いことをするわけではないですから。それで読者に嫌われることもないでしょうし」

「なるほど。そっちの線もありか」

「小倉さんが言われた形なら短編ぽいですけど、これなら長編にもできるんじゃないですかね。例えばそこを導入部にして、一歩踏み出すところから始める、とか。それならコロナが続いてる今書いてもおかしくないですよね」

「まあ、そうか」

「といっても、今のはあくまでも思いつきですけど。ほかにもっといい活かし方があるかもしれないし」

「奪いにかかることを決意して終わる短編でもいいわけだしね」

「あ、それもありですね。うん。そのほうがいいかもしれない」

「コロナの話というよりは、それもやっぱり人と人の話だけどね。夫婦と、あと、姻族ね」

「はい」

「姻族は、いろいろな関係がありそうだよね。いいものから悪いものまで。まあ、これは、短編として要検討だな」

「小説景談の高畑に話しておきますよ。小倉さんがこういう話を考えてるって」

「よろしく」

「で、どうしましょう。次作」

「うーん」と言って、小倉さんはカプチーノを一口飲む。「不倫の話はどう？」

「不倫」

「そう」

「否定的に書きます？　それとも肯定的ですか？」

「どっちでもないかな。不倫する人って、まずそんなふうに考えないし。よくないことはわかってるのに、しちゃう。で、するからといって、肯定してるわけでもない」

「そういうものですか」

「そうでしょ。わたしはそうだった」

「え？」

「わたしはそんなふうに感じながら、してた」

「してたんですか」

「うん。この歳になれば不倫の一つや二つはしてるわよ。というのは大げさで、まあ、一つだけど」

「してる、んですか？」

「してた、ね。過去形。もう終わってる。何年も前よ。奥ちんは？　不倫したことある？」

「ないですよ」

「これはあれね、世間話とかそういうんじゃなく、本当の話ね。本音での話。ない？」

その言い方で、小倉さんのスイッチが入ったことがわかる。これで完全に作家モードになった。作家さんとして、編集者と話をしている。

だからわたしも正直に答える。世間体を気にせず、正直に事実を言う。

「ないです」

「残念。あれば、どんなだったか訊きたかったのに」

「すいません」

「いや、いいよ。不倫してないから謝るって、何？」と小倉さんが笑う。

「書くことの役に立つなら経験しておけばよかったです」

「いいね。作家が書くために、編集者が不倫を経験。編集者の鑑《かがみ》だね」

「って、結局してないんですけどね」

「役に立つなら経験しておけばよかったっていうそれ、若いダンナに聞かせたいわ」

若いダンナ。幹人だ。小倉さんは幹人のことを知っている。わたしが話しているから。

考えてみる。

不倫。どうだろう。小倉さんが書くならおもしろくはなる。まちがいない。そこは疑わない。しかも経験談。わたしも読んでみたい。

ただ、不倫の話は、強い拒否反応があったりもする。下ネタと同じで、受けつけない人はまったく受けつけない。不倫というだけで毛嫌いする人が一定数いるのだ。題材にしただけで肯定したととられる。どんなにいい小説に仕上げたところで、結局不倫はダメでしょ、という原則論を持ちだされる。それが小説そのものの評価につながってしまったりもする。

それではもったいない。だから不倫は微妙。

そこでわたしは提案する。

「じゃあ、小倉さん、夫婦の話はどうですか？」

「夫婦？」

「はい。短編でも長編でも、これまで小倉さんはどこかしらに夫婦が絡む話を書いてきてますよね」

「言われてみれば、そうか。完全な夫婦は、整形のあれのみだけどね。あとは全部別れちゃってるし。短編のもう一つも、『浪漫』の峰も」

「今聞いたコロナの話も、別れてますもんね」

「うん。元夫は死んじゃってる」

「今回は、夫婦をしっかり書くのはどうですか？」

「しっかり」

「はい。これは夫婦の話です、とはっきり言えちゃうくらいしっかり。そうすると、過去の作品も活きてくるような気がします。小倉琴恵の小説としての流れがしっかりできるというか。まあ、景談社における小倉琴恵っていうことですけど」

「あぁ」

「それなら不倫もうまくつかえるんじゃないですかね。『カリソメのものたち』みたいな複数の一人称にして、いろいろな夫婦を書くとか。そのなかの一つで不倫を扱うならだいじょうぶ。弱まって、むしろちょうどよくなると思います。そのくらいなら、みんな読みたいんですよ。嫌い嫌い言っても、興味はありますから」


趣味を持つのはいいことだ。何ごともメリハリが大事。うまく切り換えられるなら、仕事にもいい影響が出るだろう。

わたしに趣味はない。強いて言えば読書だが、それは仕事と重なっている。

一方、幹人はちゃんとした趣味を持っている。バンドだ。というか、ドラム。

高校生のときに始め、大学生のときもバンドを組んでいたらしい。オリジナル曲を演奏してもいたが、プロを目指していたわけではない。まさに趣味。高校の軽音楽部や大学の軽音サークルには入っていなかったはずだ。気の合う仲間とやっていただけ。

オリジナルといってもおれはドラムだからさ、やることはコピーとそんなに変わらないんだよ、と言っていた。むしろ簡単にやれちゃうわけ。ほら、コピーだと、プロがやってるお手本があるけど、オリジナルにそれはないから、いくらでも簡単にできちゃう。自分が叩《たた》きやすいように叩けちゃう。

社会人になった今も、幹人はバンドをやっている。新たに組んだのだ。趣味でやるバンドを。主目的は演奏。だから曲をつくったりはしない。イギリスやアメリカのバンドの曲をやる。名前を聞いたが、わたしは一つも知らなかった。そのあたりは疎いので。

幹人自身が発起人ではない。誘われた。高校生のときに一緒にやっていた先輩に声をかけられたのだ。また遊びでやろうぜ、と。

犬塚《いぬづか》潤輔《じゅんすけ》くん、というのがその先輩。実はわたしも知っている。名前だけでなく、顔まで知っている。幹人とわたしの結婚披露宴に来てくれたからだ。

そう。披露宴。わたしは二度めで、しかも子連れ。

個人的にはやらなくてもよかったのだが、やった。こぢんまりしたのでもいいからやろう、と幹人が言ってくれたのだ。それは幹人の両親、お義父さんとお義母さんも言ってくれた。美奈さんがどうしてもいやでなければぜひ、と。

どうしてもいやだとは、もちろん言わなかった。幹人はわたしより八歳下で、初婚。わたしが変なわがままを言うべきではなかった。

そもそも、八歳上でバツイチのわたしを息子の嫁としてすんなり受け入れてくれたお義父さんお義母さんには感謝しているのだ。そのうえ太志を孫としてかわいがってくれていることについてはもう、感謝してもしきれない。

その披露宴に、幹人が犬塚くんを呼んだ。

幹人の先輩とはいえ、わたしより七歳下。幹人の同期生にしか見えなかった。八歳上と聞いてたんでビッグママ的な強烈姉《あね》さん女房を想像してたんですけど、全然そんなじゃないですね、と言ってくれた。思ったよりクールビューティーでした、とも。思ったよりか、とわたしは密かに落胆した。

犬塚くんはエレベーターの保守会社に勤めている。結婚はまだしていない。だからということでもあるのか、入社後数年、仕事にも慣れて久しぶりにギターをやりたくなったらしい。スタジオで大きな音を出したくなったのだ。

わたしの感覚だと。高校の先輩を披露宴には呼ばない。普通、こぢんまりした披露宴に招く人たちのリストに高校の先輩は入ってこない。つまり、幹人と犬塚先輩はそれだけ親しかったのだ。

そんな相手にまたバンドをやろうと声をかけられたから、いいですよ、と幹人も乗った。小さな子の父親なのだから、わたしに言わせれば、いいですよじゃないでしょ、なのだが。

そこに関しての幹人の説明はこう。

ドラマーってさ、数が少ないのよ。ヴォーカルとギターは腐るほどいて、ベースもそこそこいるんだけど、ドラムは少ないの。おれも高校時代はバンドをかけもちでやってたし。ドラムをやってるって言うと、すぐに声をかけられんのよ。好きな音楽のジャンルとか関係なく、とりあえず叩いてよ、みたいに。だから先輩と一緒にやったりもするわけ。で、犬さんはかなりうまかったんで、また一緒にやれるんならいいかなと思って。おれのいい息抜きにもなるし。

そう言われたらしかたない。やらないで、とは言わなかった。あなたは息抜きしなくていいから、とは言えない。

で、そこでそう言わなかったことを、ひどく後悔した。

その日、わたしは京都に出張した。

土曜日だがしかたなかった。そちらに住むミステリー作家の興《おき》津《つ》究《きゅう》作《さく》さんに会いに行ったのだ。頂いていた長編原稿の修正依頼をするために。

興津さんは六十一歳。原稿はパソコンで書くが、ワープロソフト以外の操作は不得手。リモートでの打ち合わせはしたがらない。普段のやりとりはメールでするが、今回はこちらからの修正要望が多いこともあり、これこれこんなふうに直してください、ですませるわけにはいかなかった。

ということで、興津さんが希望した土曜日に出向いた。仕事が休みだった幹人に太志をまかせてだ。

もちろん、日帰りの予定。新幹線のぞみで東京を午前七時半すぎに出て、京都にほぼ十時着。その後、興津さんと早めのお昼を食べ、店をカフェに移して二時間ほど打ち合わせ。興津さんが要望をすんなり聞き入れてくれたことに安堵《あんど》しつつ京都を午後三時すぎに出て、東京に五時半すぎ着。

よかった。これなら夕食もつくれる。

そう思いながら、自宅に帰った。

カギでドアを開け、なかに入る。

「ただいま」

居間の電気は点いているし、エアコンも作動しているが、反応はない。幹人も太志も、姿は見えない。

暖房をつけたまま二人で買物にでも行ったのか。

と思ったら。

ソファに太志が横たわっていた。体を丸め、目を閉じている。ぐったりしている。

えっ？

「ちょっと。どうしたの。太志」

額に手を当ててみるまでもない。顔が赤い。明らかに熱が出ている。

太志が目を開けて、わたしを見る。眠っていたわけではないらしい。そしてすぐに咳きこむ。

「お父さんは？」

「いない」

「いないって、いつから？」

「前から」

話すのは億劫なようなので、質問はそこまで。

すぐに幹人に電話をかける。が、つながらない。

電子体温計で熱を計ってみたら、三十九度一分。

九度超えはマズい。近くの病院に救急外来があるが、歩けば二十分かかる。コロナの可能性もあるから、タクシーというわけにもいかない。

だから救急車を呼んだ。初めてだ。これまでの三十五年でそうしたのは。

救急車はすぐに来てくれ、太志とわたしを病院まで運んでくれた。

そのまま太志は入院した。

わたしは夜まで付き添った。やっと電話がつながった幹人も病院に駆けつけた。

人がいない夜の待合室で、わたしは幹人を問い詰めた。興津さん原作のテレビドラマ『所轄《しょかつ》の星』に出てくる四《よ》方《も》尽《じん》八《ぱち》刑事ばりにだ。幹人は具合が悪い太志を一人家に残してバンド練習に出かけていたというのだから、問い詰めないわけにはいかない。

船戸美奈刑事の事情聴取によれば。

太志も午前中は何ともなかった。午後になって少しダルそうにしていたが、熱がある感じはなく、太志自身も何ともないと言った。

そこへ、犬塚くんから幹人にＬＩＮＥが来た。土曜だがキャンセルが出て安い当日料金でスタジオに入れることになったから来てくれと。十月に宇都宮に異動したベーシストも今日なら出てこられるから、もうすでに家を出てるはずだからと。

なら行かないわけにはいかない。ドラマーがいないと練習にならないから。

そこで幹人は尋ねた。お父さん、行ってもだいじょうぶ？

太志は答えた。だいじょうぶ。

実際、その時点ではだいじょうぶだったのだろう。だが子どもの体調は急に変わる。熱も急に出る。いや、もしかしたら、そこまでだいじょうぶではなかったのかもしれない。太志は子どもなりに遠慮してしまったのかもしれない。相手がわたしではなく、幹人だから。

一晩じゅう付き添う必要はないとのことで、わたしと幹人は家に帰された。が、翌日曜はまた朝から病院に行った。

幸い、夕方にはもう熱は下がってくれた。

念のためその一晩様子を見て。月曜の午前中にわたしが太志を連れ帰った。結果、コロナではなかった。だから帰りはタクシーをつかえた。

ただ、医師の先生によれば、肺炎の一歩前、ではあった。

土曜の朝には気づかなかった。わたし自身が早くに家を出てしまったから無理もない。そのとき太志はまだ寝ていたのだ。

太志を病院から連れ帰った月曜日。わたしはそのまま在宅ワークをした。そうできる仕事でよかったと、このときも思った。

太志はフトンに寝かせた。もう眠くない、と言ったが、今日一日は寝てなきゃダメ、と返した。しばらくは添い寝もした。川の字の三本の棒が左の二本だけになった。

前に、浜崎より奥井のほうがいいと太志は言った。そのことをふと思いだし、訊いてみた。

「ねぇ、太志。奥井と船戸ではどっちがいい？　名字」

太志は即答した。

「船戸」

忖度したわけではないだろう。子どもは常に今を受け入れる。そうするしかないのだ。

例えばウチの佐原滝郎人事部長は社内結婚をしている。三《み》橋《はし》梓《あず》乃《の》ライツ事業部副部長からそう聞いた。おしどり夫婦みたいよ、と三橋さんは言っていた。

わたしも社内結婚をすればよかったのかな、と思う。それらしき相手がいたわけではない。が、そういうことも検討してみるべきではあったような気がする。

友房と別れたときも、一瞬思ったのだ。わたしたちには、仲間感というか、同志感が足りなかったのだと。友房と学校が同じだったとか会社が同じだとかであればこうはならなかったのかもしれないと。

だが幹人がわたしの前に現れ、そんな思いは消えた。学校だの会社だのは関係ない。知り合うまでのことは何も関係ない。そのときはそう思えた。

今はこう思う。関係ない。それはそう。ただ。お互いの仕事を知っていたりすれば、夫婦の理解はより深まるかもしれない。その理解は、まさにこういうところで形となって表れるかもしれない。

この夜、幹人は早めに帰ってきた。

帰るとすぐに太志の顔を見に行った。すぐにといっても、もちろん手洗いやうがいをすませたあとで。新しいマスクも着けて。

幹人が太志に謝る声が、ダイニングキッチンにいるわたしにまで聞こえてきた。まあ、わたしが聞こうとしていたからでもあるが。

幹人はすでにわたしにも謝っていた。何度もだ。だが今回のこれは、謝ったからいい、にはできない。わたし自身のことならいいが、太志が絡むことだから、そう簡単にはすませられない。

和室から出て引戸を静かに閉めると、幹人は言う。

「よかった」

言いたいことはわかる。熱が下がってよかった、大事に至らなくてよかった、だ。が、わたしは言う。

「よくない」

「あぁ。うん。そうだ。よくない」

「ねぇ」

「ん？」

「スタジオで演奏してるとき、太志のこと考えた？」

「考えたよ」

「ほんとに？」

「うん。だいじょうぶだよなって。おかしなことになってないよなって」

「なってたわけだ、おかしなことに」

「うん」

「自分の本当の子でも、そうしてた？」

「え？」

「太志が自分の本当の子でも、一人残してバンドの練習に行ってた？」

「あぁ。行っちゃってたかも。いや、かもじゃないな。たぶん、行っちゃってた。おれは、何ていうか、バカだから」

「何よ、それ」

「太志だから一人にしたわけじゃないよ。本当に、そうじゃない。おれがただただバカなだけ」

「別に元カノと飲みに行ったっていいよ。バンドをやったっていいよ。でもやることはやって」

「ごめん。ほんと、ごめん」

「謝るなら太志に謝って。って、もう謝っただろうけど、何度も謝って。太志がもういいと言っても謝って」

「そうするよ。明日も謝るし、明後日も謝る」

「今日はうどん」

「え？」

「煮込みうどん。太志があぁだから、消化のいいものにした」

「あぁ。いいね。煮込みうどん。おれも好き。って、おれの好みはいいか」

「まあ、わたしも好き。会社の後輩の奥さんが名古屋に異動になっちゃって。その後輩が名古屋でおいしい味噌煮込みうどんを食べたらしいの。そのことが頭に残ってたから、それにした。味噌煮込みうどん。赤味噌」

「おぉ。うまそう」

「準備するよ」

「あ、ねぇ、あのさ」

「何？」

「これは一応言っておきたいんだけど」

「何よ」

「犬さんは、知らなかったんだよ」

「何を？」

「太志の具合がよくなかったことを」

「まあ、そうでしょうね。そこまでよくないとは幹人も思ってなかったんだから」

「太志がちょっとダルそうにしてたこともおれは話してない。だから、犬さんがおれを無理やり誘ったりしたわけじゃないんだよ。子どもはほっといて出てこいなんてことを、犬さんは言わない」

「そう言うとは思ってないよ」

「太志がダルそうにしてたことをもし話してたら、じゃあ、幹人は一緒にいてやれって言ってたはず。だから犬さんを悪く思わないでほしい」

「だから思ってないって」

わたしは幹人の真正面に立ち、顔をじっと見て言う。

「そんなふうに犬塚くんを思う以上に、太志のことを思ってほしい。そこはもうはっきりと、以上、にしてほしい」


その後、幹人とは少しギクシャクした。もめたとかそういうことではない。幹人がわたしに対して遠慮をするようになったのだ。

太志に遠慮をするよりはずっといいが、これはこれでちょっとよくないな、と思う。このままではわたしが、ビッグママ的な強烈姉さん女房、になってしまう。

幹人がこれまでになく猛省しているのはよくわかった。太志と話しているその姿はいつも謝っているように見えた。一緒にうまい棒を食べているときでさえ、コーンポタージュ味は確かにうまいよなでもごめんね、と言っているように見えた。太志が病院から戻って二週間はずっとそんなだった。

そしてその次の土曜日。さすがにもう太志の体もだいじょうぶだろうと思い、久しぶりに家族三人で出かけた。

遠出ではない。同じ江東区の豊洲。ショッピングモールにあるレストランでランチバイキングをやっているというので、食べに行ったのだ。

和洋中のバイキング。お寿司もステーキも北京ダックもあるプレミアムコース。大人は三千円強で、小学生は二千五百円強。太志のかなり遅めの全快祝という名目で、たまには贅沢をすることにした。

太志にとっては初バイキング。

「何でもとっていいからって、とり過ぎないようにね。ちゃんと食べられる分だけとるの。お腹いっぱいになり過ぎないように気をつけて。食べすぎて気持ち悪くなったら、せっかくの食べ放題が台なしだから」

「了解」と言ったのは太志ではない。幹人だ。「そうなんだよ。おれ、バイキングだといつも食いすぎちゃうの。腹パンパンで動けなくなって、損したって思う。元をとってプラスを出そうとするあまり、別のマイナスを出しちゃうんだ。気をつけような、太志」

「うん」

　レストランでも、猛省者幹人は大活躍だった。太志に付きっきりで、あれ食べるか？　これ食べるか？　とやっていた。そして実際、太志の皿にあれをとったりこれをとったりしていた。一度めの分を食べ終え、お代わりをとりに行ったときもそうだった。

　二人がテーブル席に戻ってくると、わたしは言った。幹人に。

「ねぇ、もういいよ」

「ん？」

「反省はもういい。充分伝わったから。太志にも、わたしにも」

「おれ、反省してる？」

「してないの？」

「いや、してるけど。そんなにしてるように、見えちゃってる？」

「見えちゃってるかな」

「あざとくなっちゃってる？」

「そうは言わない。でもわたしが鬼嫁に見えちゃいそうで、ちょっといや。まあ、それはいいけど。付きっきりでとってやらないで、次からは自分でとらせて。幹人は補助でいい。そうでないと、太志自身のためにならないから」

「わかった。そうする。よし。太志、次からは自分でとろう」

「うん。自分でとる」

「でもお腹いっぱいなら無理にお代わりしなくていいからね」とわたし。

「うん」

「よし。無理はなしな、太志。でもお代わりするなら自分でとる。おれは補助要員。オーケー？」

「オーケー」

幹人は自分の皿の熱々小籠包《ショーロンポー》を食べる。

「あのさ」とハフハフしながらわたしに言う。

「ん？」

「もうさ」

「何？」

「夏葉と飲みに行ったりもしないよ。どんな事情があってもしない。約束する」

太志の話をしていたのにいきなりそれ。さすが幹人。ポイントはズレる。

「そう言ってくれるなら、それでお願いします」

こちらからわざわざ、事情があれば行ってもいいよ、とは言わない。行くよりは行かないほうがいいから。

「じゃあ、今度はわたしがお代わり」

そう言って、席を立つ。

初めから目をつけていたステーキとフレンチトーストをもらう。それだけではダメだと思い、サラダも追加。悩んだ末、今日はいいか、とも思い、プチパンも追加。締めのスイーツの下見をしてから席に戻ろうとしたのだが。

その数メートル手前で立ち止まる。太志と幹人が真横から見える位置だ。

二人は向かい合って座っている。わたしは太志の隣に座っていたのだ。あれこれ世話ができるように。今はわたし不在。二人のみ。血のつながりはない父と子のみ。横から見ているので、二人はわたしに気づかない。

　フォークを動かす手を止めた太志に幹人が言う。

「どうした？　もうお腹いっぱい？」

「ちょっといっぱい」

「そうか。でもまだケーキとかあるから、その分は空けとかなきゃな。いいよ、無理して食べなくて」

「うん」

「お父さんが食べちゃうよ。残したらお店に悪いから」

　幹人は実際に食べちゃう。お寿司も、にら饅頭《まんじゅう》も。太志が口をつけて残したチーズインハンバーグの切れ端も、同じく口をつけて残したピザの切れ端も。全部。躊躇《ちゅうちょ》なく。

　三週間前。幹人は太志を一人残して出かけてしまった。あれはミスだ。出かけてもいいだろうと軽く考えた幹人のうっかりミス。仕事で出かけたのならそうは見えなかったかもしれない。だがバンドの練習で出かけたので、そう見えてしまった。

幹人は夕食前にわたしが帰ってくることを知っていた。だから軽く考えてしまった。いずれ美奈が帰ってくるからいいだろうと。実際、わたしは帰ってきた。すぐに救急車を呼び、太志と病院に行った。あってはいけないことだが、どうにか夫婦でカバーはできた。

これからも似たようなことはあるだろう。

幹人と二人、乗り越えてもいけるだろう。

家賃に毎月十三万円を払うくらいなら、がんばってマンションを買うのもありかもな、と思う。

江《え》沢《ざわ》夫妻　十一月から十二月

「植木職人になりたいんだよ」と厚久《あつひさ》が言い、

「何？」とわたしが言う。

「植木を剪定《せんてい》したりする職人。ほら、庭園とか個人宅の庭とかで作業するあれ」

「え、何、何。わかんない。何よ」

「いや、だから。その植木職人になりたいんだよ。会社をやめて」

「は？」と声が大きくなる。「やっぱりわかんない。何なの？　どういうこと？」

「会社をやめて、何年か修業をして、植木職人になりたい。なろうと思ってる」

「いや、修業って。どうやってすんのよ。どこですんのよ」

「沖縄で」

「は？」と声はさらに大きくなる。「何なのよ、それ。沖縄って、あの沖縄？　沖縄県？」

「うん」

「うん、じゃないわよ。何で沖縄なのよ。寝言言わないでよ」

「言ってないよ」

「まず、会社をやめるって何？　自分からやめるってこと？」

「そう」

「リストラされるとか、そういうことじゃなく？」

「なく」

「自主退職？」

「まあ、そうかな」

「まあって何よ」

「いや、ほら、会社員て、多かれ少なかれ追いこまれはするから。でも、梓乃が言うみたいに追いこまれたわけではないよ。追い出し部屋に入れられたりしたわけじゃない。あくまでも、僕の意思」

「だからさぁ、その意思が何なのよ。植木職人て何なのよ」

「昔から、やってみたいと思ってたんだよ」

「植木職人を？」

「うん」

　ダイニングキッチンで、二人、テーブルを挟んで向かい合っている。

日曜日の午後。亮吾《りょうご》と理子《りこ》は出かけている。亮吾は進学塾に、理子は友人荒金《あらがね》芽衣沙《めいさ》ちゃん宅に。亮吾はともかく、理子はじき帰ってくる。借りていた本を返しに行くだけだと言っていたから。先に亮吾が出かけていた。理子も出かけるとすぐに厚久が言ってきたのだ。ちょっと話があるんだけど、と。聞いてみたらこれだった。

「昔からって、いつからよ」

「二十代のころからかな。本気で考えるようになったのはここ何年かだけど」

「ここ何年かって？」

「五年ぐらいか」

「そんなに？」

「うん」

「ずっと考えてたってこと？」

「そう。仕事に行き詰まってたっていうのも少しあるし」

「少しでそんなこと考えないでしょうよ」

「植木職人をやりたいという気持ちも大きいんだよ。今の仕事はもういいと思ったのも事実だけど。だから、半々ぐらいなのかな」

「半々ぐらいなのかな、じゃないわよ。何、のんきなこと言ってんのよ。それ、四十八歳が言うこと？」

「最近は多いらしいよ。僕より上の人もいるみたい。五十代とか、六十代とか」

「六十代ならわかるわよ。定年で仕事をやめてそのあとにっていうんならわかる。それならそれでいいわよ。五十代でも、後半ならしかたないかなって思う。いやはいやだけど、定年をちょっと早めただけとか、そんなふうに思える。でも四十八はないよ。それはない。定年まであと何年よ。わたしたちはまだまだ働かなきゃいけないの。亮吾と理子。どっちも大学を出るのは十年先なんだから」

今、亮吾が十五歳で中三。理子は十二歳で小六。理子が二十二歳になるのがちょうど十年先だ。もちろん、二人とも大学に行かせる。どちらも私立を想定している。国公立に行ってくれたら儲《もう》けもの、というだけ。

この家のローンも残っている。それはあと五年。余裕があれば繰り上げ返済し、なるべく早く終わらせようとがんばってきた。共働きだからできたことだ。もう少し言えば、厚久とわたしのどちらもがそれなりに高給の会社にいたからできたことでもある。

片方がなくなったら、状況は一気に変わる。毎月のローンが払えなくなることはないが、これ以上の繰り上げ返済は、おそらくできなくなる。

この家。渋谷区にあるマンションだ。

京王線の笹塚駅から徒歩十分。都道に面しているが、片側一車線。建物自体やや奥まった位置にあるので、うるさくはない。間取りは３ＬＤＫ。三室すべて洋間。子どもは二人にする想定で、亮吾が生まれたあとに買った。流行りのアイランド型ではないが、Ｌ字型のオープンキッチンはつかいやすくて気に入っている。出ていく気はない。手放す気もない。よほどのことがない限り。

よほどのこと。もしかして、これがその始まりなのか。

そんなことをふと思い、あわててその思いを振り払う。実際に頭を小刻みに揺すって。

「ダメダメ。そんなのなし。いいわけない」あらためて怒りが湧いてくる。「何なのよ、植木職人て。考えて言ってよ」

「だから。もうずっと考えてるよ。でも、梓乃がそう言うのもわかる」

「わかってないわよ。わかってないから言ってるんでしょ。本当にわかってるんならもう言わないで。聞かなかったことにするからここでもうやめて。終わりにして」

「そうは、いかないよ」

いかないだろう。わたしだって、ここでやめるわけにはいかない。話をゼロに戻さなければならない。わたし自身が納得したうえで、終わりにしなければならない。

「その沖縄っていうのは何なのよ。どこから出てきた場所なのよ」

「大学の先輩でさ、チネンさんていう人がいるんだよ。チネンフジオさん」

知念富士男さん、だそうだ。名字がもう沖縄っぽい。

「ゼミの先輩だったの。ウチのゼミはさ、仲がよかったんだよね、史学科だから、フィールドワークなんかもあって」

「遺跡発掘、みたいなこと？」

「そこまではいかないけど。史跡を巡ったりとか。で、ついでに温泉に入ったり」

「ただの旅行じゃない」

「まあ、そうだけど。でも結構ちゃんとやってたよ。ゼミの有志で個人的に行ったりもしてたし」

「で？」

「で、特に親しかったのが知念さんで。そのころはよくアパートに泊めてもらってた。卒業してからは、結婚式にも呼んでもらったよ」

「沖縄でやったの？」

「そのときはまだこっち。知念さん自身がこっちで就職してたから」

「じゃあ、わたしたちの式にも呼んだ？」

「いや。そのときはもう沖縄だったんで、呼びたかったけど呼べなかった。往復の交通費と宿代は出せないなと思って。それなしでも知念さんは来てくれたと思うけど」

「で？」

「で、今は沖縄の那覇《なは》で造園会社をやってるんだよ。結婚したあとにこっちの会社をやめて、沖縄に戻った」

「奥さんとってこと？」

「うん」

「奥さんもそっちの人なの？」

「いや、東京の人。練馬だったかな」

「なのに沖縄に？」

「そう」

「もめなかったの？」

「もめなかった。奥さんは沖縄好きらしいから」

沖縄好き。それを言ったら、わたしもそうだ。だがそれだけですんなりいけるものでもない。旅行とはわけがちがうのだ。

「その知念さん、ご実家がもとから造園会社だったとか？」

「いや。会社はやってたけど、造園ではなかった。建設関係の何か。でも親父さんがもうやめることになって、知念さんが始めたみたい。継ぐんじゃなく、一度整理して始めたのかな。最初の十年は大変だったらしいけど、今は軌道に乗って普通にやれてる。そこで、修業をさせてもらおうと思って」

「社員にしてもらうってこと？」

「いや。最初は見習いから」

「無給ってこと？」

「そうなるね。代わりに技術を教えてもらう。植木職人はそうなんだよ。造園会社に就職するっていうなり方もあるけど、親方に弟子入りするっていうなり方もある。知念さんのところは小さい会社だから、いきなり素人を雇うのは無理みたい。仕事をこなせるようになったら雇ってはくれるだろうけど」

「いつこなせるようになるわけ？」

「わからないよ。五年か十年か」

「無理でしょ、そんなの。第一、どこに住むのよ。まず、家を借りなきゃいけないじゃない」

「それはだいじょうぶ。知念さんが古い空家を持ってるから。そこに住めばいいと言ってくれてる。給料は出せないけどその家賃はいいからって。それは大きいよ。結局、給料をもらってるのと同じだから」

「もうそんな話をしてるわけ？　わたしと話すより先に」

「うん。だって、何の計画もなしに梓乃に話すわけにはいかないから」

「計画があっても話してほしくないわよ、こんなこと」

「家賃がかからないならどうにかなると思うんだよ。食べものなんかはこっちにくらべれば安いみたいだし。貯金をとり崩すにしても、そんなに大きい負担にはならない」

「なるでしょ。ただ減りつづけるだけなんだから」

「十年修業をするつもりではいるけど、十年無給ってことはないだろうから、だいじょうぶだよ」

「十年無給ってことはない。それをだいじょうぶとは言わないよ」

「一刻も早く稼げるようがんばるし」

「って、子どもかよ。中学生かよ」と言葉がつい荒くなる。「いや、中学生の亮吾だってそんなこと言わないよ。小学生の理子だって言わない」

「だろうね。でも僕は、やりたいんだよ」

「ねぇ」大きなため息をつき、わたしは言う。「どうしちゃったのよ」

「どうかしちゃったわけじゃなくて。やっぱり、初めからそういうことをやりたかったんだよ。さっき梓乃が言ってた遺跡発掘。それも、アルバイトでやったことがあるんだよね。大学時代に、ゼミの教授の紹介で。まあ、アルバイトがやるのは土を掘るとかの単純作業なんだけど。その手の屋外作業は、かなり好きなんだよ」

「そんなこと言ってなかったじゃない。デートでそういうとこに行ったこともないし」

「梓乃はそういうのがあんまり好きじゃないだろうと思ったから。ほら、虫とかも苦手だし」

「わたしのせい？」

「せいとかそういうことじゃないよ。デートでは、梓乃が行きたいとこに僕も行きたかったし。梓乃が楽しんでれば僕も楽しかったから」

「って、そんな話は今どうでもいいのよ」

「いや、梓乃が言うから」

「言ったけど、どうでもいい。とにかくそんなのダメ。わたしは無理。絶対無理。まず、東京を離れるわけにはいかない。亮吾と理子を沖縄に連れていけるわけがない」

「それはわかってるよ。でも僕はやりたい。沖縄に骨を埋《うず》める覚悟でやりたいよ」

「わたしは笹塚に骨を埋める覚悟でいるわよ」

「うん。梓乃はそれでいい。そうしてほしいよ。亮吾と理子のためにも」

「は？　何、どういう意味？」

「沖縄には僕一人で行くよ」

「バカじゃないの？」と言ってしまう。「無給の仕事のために単身赴任するの？」

「そういうことでもないよ」

「じゃ、どういうことよ」

厚久がわたしの顔を見る。何というか、まじまじと見る。

あれっ？　と思う。ちょっとこれ、よくないんじゃないの？　と。

そしてこの言葉がいきなり来る。

「離婚してくれないかな」

は？　と言うつもりが。声が出ない。は？　の形で口が開くだけ。すぐには閉じられない。パクパクすることもできない。

離婚て。意味がわからない。わたしがそれを言うならともかく。厚久が言う意味がわからない。先に離婚を切りだして、僕は植木職人になるよ、ならまだわかる。先に植木職人を切りだして、離婚してくれないかな、はまったく意味がわからない。いい反応が得られなかったということ？　だから離婚を切りだしたということ？　植木職人でもいい反応が得られると、少しは思っていたということ？

「初めからそう言えばよかったんだけど。いきなりそう言われたら、それはそれでわけがわからないだろうから」

「今だって、わけがわからないわよ」

「梓乃にも亮吾にも理子にも迷惑をかけたくないんだよ。と言いながらもかけちゃうことはわかってる。でもできる限りかけないようにしたい。だから、離婚してほしい」

「いや、だから。バカじゃないの？」

もうそれしか言えない。本当に、バカじゃないの？　自分がどれだけバカなことを言ってるか、わかってるの？　まあ、わかってはいるのだろう。わたしも初めてわかった。江沢厚久は、本当にバカな人だったのだ。

つい舌打ちをしてしまう。我慢する余裕がない。何なら声を上げたい。叫びたい。

ここ数年、厚久が仕事を楽しめていないことは何となくわかっていた。いや、そもそも。厚久が本来入るべきではない会社に入ってしまったことも、それでも真摯《しんし》に仕事と向き合ってきたことも、わかっていた。

世の中の多くの人がそうなのだ。やりたい仕事をやれている人のほうが少ない。特にやりたいわけでもない仕事をしている人のほうが圧倒的に多い。希望どおりに出版社に入れたわたしはかなり恵まれているのだ。

厚久は、大学の史学科を出て、信販会社に入った。そしてわたし同様、一度も転職することなくここまで来た。

今から二十数年前。いわゆる就職氷河期はすでに始まっていた。厚久もわたしもその真《ま》っ只中《ただなか》にいた。だからよくわかる。あの会社に行きたい、この会社に行きたい、と選《え》り好みをしていられる状況ではなかった。業種を一つに絞っていられるような状況でさえなかった。
行きたい会社に行けるのは本当の上位校にいるひと握りの人たち。そんな感覚があった。結果を見れば、わたしはそのひと握りに入れた側だ。

厚久もいろいろな業種をまわったらしい。そのなかで内定をくれた今の会社に決めた。信販のことは何も知らなかった。が、調べたらおもしろそうだとは思ったという。社会人になったらクレジットカードをつくるだろうから自分の会社でそれができるのは便利だとも思ったという。

わたしが厚久に会ったのは、まさにそのクレジットカードをつくったから、だ。

社会人一年めのとき。その休日。わたしはよく行くショッピングモールを一人で歩いていた。そこの屋内広場でクレジットカードの入会受付のようなことをやっていた。同じブルゾンを着た何人かが、いかがですか〜、と言っていたりするあれだ。

わたしもいずれカードをつくろうと思っていた。が、どうやってつくればいいのかはわからなかった。そうか、こういうところでつくっちゃえばいいのか、と思った。とはいえ、思っただけ。そこでいきなり、つくっちゃおう、とはならない。

はずだったのだが。

ちょうどそのタイミングで厚久に声をかけられた。

カードをお持ちですか？　でも、カードをつくりませんか？　でもなく。

「ご説明だけでもどうですか？」

その言葉に反応し、わたしは言った。

「説明を聞くだけでもいいんですか？」

「どうぞどうぞ。もちろんです」

「今日は入らないと思いますよ。ハンコとか持ってませんし」

「結構です。聞いていただくだけで充分です」

折りたたみデスクの前のパイプイスに座り、話を聞いた。

わたしより三歳上だから、厚久は当時入社四年め。説明はうまかった。わたしの質問にもわかりやすく答えてくれた。クレジットカードってこんな仕組なのね、と思えた。

「必要なものをそろえていただければ、今月中はここでもご入会手続きができますから」

そう言って、厚久は名刺をくれた。それでわたしは江沢厚久という名前を知ったのだ。

正直に言えば。そこで話だけ聞き、カードはよそでつくるつもりでいた。が、あれこれ話を聞いたのにそうするのも悪いな、という気にもなっていた。

結局、そこで入会手続きをした。日をあらためて再訪したのだ。必要なものをそろえて。厚久はとても喜んでくれた。あとで聞いたら。わたしが入ったことでノルマ達成、だったらしい。

それでだ。ここからがうそみたいな話。だが本当の話。

そのショッピングモールは、当時わたしが住んでいたアパートのすぐ近くにあったので、本当によく行っていた。午後九時まで営業していたため、セルフサービスのカフェも仕事帰りによく利用していた。そのカフェで、厚久に会ったのだ。

平日の午後八時近く。わたしは二人掛けのテーブル席に座り、本を読んでいた。仕事絡みの何かだ。

トレーを持った厚久がやってきて、隣のテーブル席に座った。

わたしはそちらを見て、あ、とすぐに気づいた。クレジットカードの人だ、と。

厚久はわたしに気づいていないようだった。まあ、そうだろう。気づいていたら、遠慮して隣には座らないはずだ。

あぁ、これはちょっと困ったな、とわたしは思った。いやだったのではない。まさに、困った。顔は知っている。話したこともある。だが近い関係ではない。このまま気づかないふりをするべきだろう。最後までそれを通すべきだろう。そう結論した。

が、気になることは気になる。読書に集中できなくもなる。そちらをチラチラ見てしまった。そのチラチラが増えすぎたのかもしれない。厚久もふとこちらを見た。その際に目がばっちり合ってしまった。

厚久はあわてて目を逸らしたが、ん？　とまたすぐにわたしを見た。それはもうきれいな二度見だった。そして言った。

「あ、どうも」

「どうも」

すでにわたしが気づいていたことを察したらしく、厚久はこうも言った。

「すいません。まったく気づきませんでした。失礼しました」

「いえ、全然」

そうなったらもう話さないわけにはいかなかった。ここから互いに無言には戻れない。戻るほうが気まずい。

「先日はありがとうございました」と厚久が言い、

「こちらこそありがとうございました」とわたしが言った。

「カード、まだ届いてないですよね？」

「そうですね」

「じき届くと思いますので」

「はい。待ってます」

あいさつ代わりの会話はそれで終了。少しぎこちない間ができた。

厚久が言った。

「こちらへは、よく来られるんですか？」

「はい。近いので。モール自体にもこのお店にも、よく来ます」

「何かすいません。読書を中断させてしまって」

「いえ」今度はわたしが尋ねた。「今、お仕事終わりですか？」

「はい。帰る前にコーヒーを飲んでいこうと」

「もしかして、それが晩ご飯だとか？」

それ。厚久のトレーに載っていたサンドウィッチだ。

「ちょっとお腹が空いたので、買ってしまいました。晩ご飯のつもりではなかったんですけど。でもそうなるかもしれません」

「サンドウィッチだけじゃ足りなくないですか？」

「そうですね。ただ、このあと普通に食べちゃうと、食べすぎにもなっちゃいますし」

「じゃあ、サンドウィッチをもう一つとか」

「あ、それはいいですね。そうします。いいアイデア、ありがとうございます」

「いえ、そんな」

厚久は席を立ち、カウンターでホットドッグを買って、戻ってきた。そしてイスに座って言った。

「次はサンドウィッチじゃなく、これにしてしまいました。ホットドッグは久しぶりです。十年ぶりぐらいかも」

「そんなに？」

「はい。ハンバーガーは食べますけど、ホットドッグはあまり。食べる機会がないというか」

「言われてみれば、そうですね。わたしも、いつ食べたか思いだせないです。前に食べたのは十年以上前かも」

「僕も、母親が朝食に出してた高校生のころ以来、のような気もします」

「あぁ。ウチも母親が出してました。でもあんまりおいしくなかったです。ただのウィンナーをロールパンに挟んだだけだから」

「わかります。ウチなんて、ケチャップすらかかってなかったような」

「あの」とわたしは自分から言った。

「はい」

「これだとちょっと話しづらいんで、向かいに移ってもいいですか？」

「あ、じゃあ、僕が移りますよ」

実際に厚久が移り、わたしたちは二人客のようになった。

そしてその後も話をした。世間話に続き、互いの仕事の話もした。

わたしが出版社勤めであることは厚久も知っていたから話しやすかった。クレジットカードをつくる際には当然審査があるので、申込書に勤務先を記入しなければならなかったのだ。

「それにしても、景談社さんにお勤めというのはすごいですね」と厚久は言った。「就職活動のときに僕の友だちも何人か受けてました。軒並み落ちてましたよ」

「わたしは運がよかっただけですよ」

「いえ、運でそこまでは。あ、でもそうか、出版社さんにお勤めだから、今も読書をなさってたんですね」

「だからということでもないですけど。まあ、それもあります」

「やっぱり、数読まれるんですか？」

「そう、ですね。わたしが今いるのは編集ではなく販売の部署なんですけど。それでも一日一冊は読むようにしてます」

「一日一冊！」と厚久は驚いた。「そんなことできます？」

「まあ、仕事なので。必要なら勤務時間中にも読みますし」

「だとしても一日一冊はすごいですよ」

「日によっては二冊読むこともありますよ」

「ということは、あれですか、速読みたいなのができるということですか？」

「いえ、できないです。慣れてる分、ほかのかたよりはちょっと速いかもしれませんけど。でもその程度です」

「好きな本だけ読めばいいわけじゃないですよね？　もちろん」

「そうですね」

「それはつらいな」

「でも読めばどれもおもしろいですよ。情報も拾えますし」

「僕なんて、読んでも月一冊ですよ」

「あ、でも読まれるんですか」

「はい。一応」

「どんなものを」

「小説、ですかね。何か、こう、おもしろそうなものがあればという感じで。読んでも、時間が経てば忘れちゃいますけどね」

「それはわたしも同じです。さすがに全部覚えてたりはしないです。でもあれですよ、読んだ本のタイトルをメモしておいて、あとで見返すだけでもだいぶちがいますよ。それで、どういう本だったか思いだしますし。そうやって何度も思いだしてれば、ちゃんと記憶にも残ります」

「なるほど。そういうものかもしれませんね」

「一歩進んで、気に入った一節なんかをメモしておくのもいいかもしれません。それは内容と直結するんで、かなり効果があると思います」

「そうか。本を読んでて、あ、ここいいな、と思うことがありますもんね。で、結局忘れちゃうんですよね。いいのがあった、というのを覚えてるだけで」

「はい。もどかしいんですよね、それ。登場人物の名前とかとちがって、そういうのは、あとで探しだせないことも多いから」

「確かに。ちょっと興味が出てきました。最近は何かおもしろい本がありますか？」

厚久にそう訊かれたので、景談社から出ているのでないものも含め、何冊か挙げた。新しいものに限らず、古いものも交ぜた。日本のものだけでなく、翻訳ものも交ぜた。厚久がレイモンド・チャンドラーのフィリップ・マーロウものを読んだことがあると言うので。

そんなこんなで、結構長く話した。閉店までだから、一時間以上。

厚久自身の仕事のことも聞いた。信販会社の業務にもいくつか種類があるのだが、カードをつくるのはイシュアー業務というそうだ。

大学の史学科を出た自分がまさかこの仕事をすることになるとは思わなかった。

厚久はこのときからすでにそう言っていた。好きな仕事ではないとか、いやいややっているとか、そんなことはもちろん言わなかったが。

初対面のようではあるが初対面ではない。だからなのか、とても話しやすかった。わたしだけでなく、厚久もそう感じていたはずだ。明らかに、わたしたちの話は合っていた。話だけでなく、気も合っていた。ここまで話したのに連絡先を交換しないのは変かな、とわたしは思っていた。とはいえ自分からは訊きづらいな、と。

厚久が言った。

「あの、三橋さん」

「はい」

「連絡先をお訊きしてもいいですか？　教えてもらった本の感想を言いたいし、三橋さん自身のご感想も聞きたいので」

「わたしはいいですけど。江沢さんはだいじょうぶですか？」

「はい？」

「お客さんに個人的に連絡先を訊いた、みたいになりませんか？」

「あぁ。そうか。そうですよね。そんなふうには考えませんでした。でも、ここでお会いしたのはたまたまですし、まあ、問題はないかと。あ、でも三橋さんがおいやならもちろん」

「いやじゃないです」とあわてて言った。「わたしも、自分でお薦めした本を読んでもらえたらうれしいです。ご感想、聞きたいです」

というわけで、連絡先を交換した。

まだＬＩＮＥはなかったので、メールアドレスと電話番号。まだガラケーという言葉もなく、単にケータイと言っていた時代。どちらか一方が口頭で聞いたもう一方のアドレスに空メールを送る。そんなやり方をしたはずだ。いやぁ。懐かしい。二十二年前。わたし、まだ二十三歳。若い。その後、まさか厚久と結婚までするとは。

で、結婚までした厚久。結婚して十七年はいい意味で無難な夫でいてくれた厚久。それがまさか五十を前にして植木職人になりたいと言いだすとは。

もっとよく話さなければならない。話して今日のうちに決着をつけたい。

が、そこへ理子が帰ってきてしまう。もう小学六年生。休みの日でもインタホンのチャイムを鳴らしたりはしない。理子は自分のカギで玄関のドアを開けて入ってくる。

その音が聞こえたので、わたしはあわてて厚久に言う。

「まだ何も言わないでよ。勝手に話しちゃわないでよ」

「あぁ。うん」

二人で深刻な話をしていたと思われたくない。だからわたしは素早くイスから立ち上がり、玄関に近いところで理子を迎える。理子がただいまを言う前に言う。

「おかえり」

「ただいま」

「どう？　外寒い？」

「うん。もう上に厚いの着てもいいかも」

「おかえり」とやや遅れて厚久も言う。

理子はそれへのただいまを省略して尋ねる。

「何でこっちに座ってんの？」

「ん？　あぁ、お母さんとちょっと話をしてたんだよ」と厚久はあっさり言ってしまう。うそはつけない人なのだ。

「ふぅん」

それだけ。理子に、何かおかしい、と思った様子はない。すぐにこんなことを言う。

「お母さん、あったかいココア入れて」

「ココアか。お母さんも飲もうかな。お父さんは？」

「ココアはいいや。と思ったけど。やっぱりもらう」

「甘くしてね」と理子。

「するけど、し過ぎないからね。じゃ、手を洗って。うがいもして」

「は～い」

理子は洗面所へと向かう。

わたしはさっそくココアを入れにかかる。片手鍋とココアの粉と砂糖を用意する。厚久のほうは見ずに。

ついさっき読み終えたばかりの小説を、ふと思いだす。

あまり知られていない作家さんの『近いはずの人』。夫婦三部作の二作め、らしい。うつろな顔でこちらを見ている男性と、こちらに背を向けている女性。フィンランド出身のアキ・カウリスマキの映画を連想させる画。そのどこか冷たい感じがする表紙の画に惹かれて文庫本を買ってしまったのだ。

読んでみて、その二人が夫婦であることがわかった。近いはずの人、は、夫から見た妻のこと。主人公である北《きた》野《の》俊《とし》英《ひで》は、結婚した妻のことを何も知らなかった。大学時代にはもう知り合っていたのに、何も知らなかった。

わたしたちも、その北野夫妻みたいだ。

わたしも夫江沢厚久のことを知らなかったのかもしれない。何も、とは言わないが。

社食で、わかめそばをもらう。

最近はそうすることが多い。山菜そばがあればそれにしたいが、残念ながらレギュラーメニューには入っていない。たまに期間限定で出るだけだ。

天ぷらそばやたぬきそばは食べない。おつゆが油っぽくなってしまうのがいやだから。ざるそばはたまに食べたくなるが、やはり食べない。四十五歳の女が社食でざるそばを食べていたら、おっさんおばさんになってしまう。

その後、テーブル席で奥井美奈と合流する。

美奈のトレーに載っているのは、まさに期間限定メニューのオムカレーだ。カップのスープ付き。おいしそう。

それを食べる前から美奈が言う。

「デザートにマンゴープリンも食べたいけど、それは我慢します。オムのあとにプリンはヤバい。まちがいなくカカロリー」

一瞬何のことかと思うが、過カロリーか、とすぐに気づく。

「カカロリー。音がいいね」

「はい？」

「音の響きがいい」

「あぁ」

美奈は今、三十五歳。わたしよりちょうど十歳下だ。そこまで下だと、逆に先輩後輩感なしに付き合える。今は部署もちがうから、上司部下感もない。と、そう思っているのはわたしだけかもしれないが。

午前中に取引先から来たメールを美奈に転送した結果、こうなった。返信メールで美奈に言われたのだ。〈久しぶりにランチでもどうですか？〉

歳下に誘われるのはうれしい。〈ぜひ〉

そして、〈では午後一時に社食で〉〈了解〉となった。

美奈が今いるのは文芸第二部。エンタメ小説を扱うところだ。美奈は小倉琴恵も担当している。その小倉琴恵の最新作が、十一月にウチから出たばかりの『浪漫』。これはもう自信作ですから、と早い段階で美奈にゲラを渡されていた。読んでくださいよ三橋さん、と。

基本、担当編集者は皆、どれも自信作だと言う。自信作ではないんですよ、と言うことはない。担当編集者がそんなことを言ったら著者をがっかりさせてしまうから。

とはいえ、当然、自信作でない場合もある。正直、ある。だがそれは、本音を明かす必要がある編集部の会議で明かすだけ。すべての会議で明かす必要があるわけでもない。明かさなくていい会議もある。

わたしもかつては編集部にいたから、そのくらいのことはわかる。

いたのは、まさにその文芸第二部。美奈と重なっていた時期もある。だから美奈もわたしにゲラを渡してきたのだ。気軽に。

その文芸第二部時代は、上に佐原滝郎さんもいた。今の人事部長だ。佐原さんは三十代半ばで編集部からいきなり人事部に移った。そんな異動もやはりあるのだな、とわたしは思った。あることはわかっていたが、人事部に行くなら四十代になってからだろうと、勝手に思っていたのだ。

　わたし自身は今、ライツにいる。肩書は、ライツ事業部副部長、だ。五歳上の中内《なかうち》克成《かつなり》さんが部長で、わたしが副部長。

　ライツ事業部は、簡単に言えば、景談社が保有もしくは委託された著作権、商標権、意匠権、特許権などの知的所有権を総合的に管理、運用する部署、だ。小説、漫画、児童書、そのほか、あらゆる景談社作品に絡んだイベントを企画したりもする。

　一番わかりやすいところで言えば、作品の映像化や舞台化。それはライツが中心になって推し進める。売りこみもおこなう。

　で、小倉琴恵の『浪漫』。これは本当におもしろかった。正直、そこまで期待していたわけではなかったが、スルスルッと引きこまれた。流す感じでゲラを一気に読んだあと、もう一度ゆっくり読み直した。

　四人の男と別れた一人の女、でも懲りずになお五人めに向かう女、今堀峰の話。

　その峰に嫌味がなかった。この手の人物は独善的に見えてしまうことがある。そうなると読者に反感を持たれてしまう。さじ加減が難しいのだ。だが小倉琴恵はそのあたりをうまく処理していた。女性読者も男性読者も峰を嫌いにならないだろう。そう思えた。腕を上げたな小倉琴恵、とちょっと感心した。

　ストーリー自体に派手さはないが、キャラクターが生きているので、映像には向いている気がした。ＣＧや大がかりなロケも必要なし。だから制作費がさほどかからない。まず、そこがいい。それは案外重要なのだ。

男が四人いるところもいい。いろいろなタイプの俳優を集められる。派手さはなくても、それだけで、華やかさやにぎやかさは出せる。人だけで飽きない映像にできる。

そこで、部の会議にかけてみた。景談社作品の映像化を目指し、映画会社に売りこむための会議だ。どの作品をどんな戦略で売りこむか、それを決める会議。

毎月出る新刊の見本はすべて、新聞社などのマスコミ各社だけでなく、映画会社などの関係各所に送っている。だが個別に売りこむこともある。有名作家の作品だと刊行前にあちらから打診があったりもするが、そうでない場合、こちらから打診したりもする。『浪漫』は悪くない。俳優も活きそう。おもしろい映画になりそうな匂いがする。

というわけで、わたしは『浪漫』を推した。

小倉琴恵の作品は、『カリソメのものたち』がすでに映画になっている。監督の都丸聡一はそれで評価されたし、初めて映画に出たタレントの百波はそれで助演女優賞をとった。実績はあるのだ。

わたしは副部長。若い社員とちがい、毎回何かを推すわけではない。むしろ何を推すかを決める側。こんなふうに自分が積極的に推したいものがあるときだけ推す。上からの圧力、にはならないよう充分気をつけて。

結果、『浪漫』は合格した。確かにこれはいいね、と中内部長も評価してくれた。大人のデート映画になるし、かといって若い人も遠ざけない。バランスがいいよ。

　売りこみも、わたし自身がおこなった。自分で推しておいてプレゼンだけは若手にまかせる。そんなことはしない。それはもう圧力だ。まかされた若手にも熱が入らない。だから自分でやった。

　リモートで、映画会社の担当者と三十分ほど話をした。新岡悦仁《にいおかえつひと》さん。歳はわたしより少し下ぐらい。その新岡さんが出てきてくれたことで希望は持てていた。若い担当者さんが相手だと、結局二度手間になるのだ。

　コロナが始まる前は、この段階でも、各社各担当者もしくは映像関係の各プロデューサーと直接会って話していた。会食また会食。週四週五になることもあった。だから亮吾と理子と一緒にご飯を食べられないこともざらだった。日によっては夕食を用意できなかったりもした。ピザとれてラッキー。亮吾と理子はそんなことを言っていたが、わたし自身は心苦しかった。

　可能なら直接会って話したかったが、今日び、まだそうするのは難しいので、リモートという形に落ちついた。

　それが一ヵ月前。ちょうど『浪漫』が発売されたころだ。

　で、今日の午前中に返事が来た。手応えあり。同時に企画書も届いたのだ。そのメールは小倉琴恵の担当編集者である美奈にも転送した。

　午後一時を過ぎてやや空きはじめた社食でオムカレーを食べながら、美奈が言う。

「三橋さん、動いてくれてたんですね」

『浪漫』はわたしもおもしろいと思ったからね。お、これは奥井さんの本物の自信作だな、とも思った。だからわたしも自信を持ってプレゼンしたわよ」

「小倉さんにはさっそく伝えましたよ。返事も来ました」

「何て？」

「おぉ。期待しないで待ってます。だそうです」

これは婉曲《えんきょく》表現ではない。文字どおりの意味だ。この段階でまだ作家は期待しない。慣れた作家ならそう。実現するかはまったくわからないのだ。いや、今の段階では、実現しない可能性のほうがずっと高い。キャスティング案が示された企画書があるとしてもそうなのだ。現時点での企画書に大した意味はない。すべて絵空事と言ってしまうこともできる。

今回の企画書でも、かなり具体的な名前が出ていた。

先方の案では。このところ女優としての評価が高まっている百波が主演。そう。『カリソメのものたち』にも出ていた百波。同じ小倉琴恵作で助演から主演にランクアップさせるわけだ。

相手役には、鷲見翔平、前島源治《まえじまげんじ》、古賀愛蔵《こがあいぞう》、ロブ・ゴードン、春行《はるゆき》、を想定。

鷲見翔平は、言わずと知れた人気俳優。百波同様、『カリソメのものたち』に出ていた。ほかにも、『キノカ』、『渚《なぎさ》のサンドバッグ』など出演作は多い。

前島源治は、主役もこなせる脇役俳優。四十代になって芽が出た苦労人だ。『渚のサンドバッグ』で鷲見翔平と共演していた。フラフラした中年男をやらせたらうまい。わたしはこの人、ちょっと好き。

古賀愛蔵は、最近よく見るようになった若手の個性派だ。まだ二十四歳とかそのぐらい。もとは子役だったらしい。だがずっと役者をしていたわけではなく、一度やめ、高校を出て再開したという。

ロブ・ゴードンは、春行主演の劇場版『ダメデカ』に架空の国タリラリアのモロコシ大統領として出演した外国人タレント。実は日本語がペラペラなため、ここ数年はバラエティ番組にも出ている。そこで春行と共演したりもしている。主人公峰が結婚して離婚する四人のうちの一人はイケメン外国人。ぴったりかもしれない。

と、ここまでで四人。

そして春行。これまた言わずと知れた人気タレント。百波の本物の夫だ。その百波とはやはり『ダメデカ』で共演ずみ。当時はまだ結婚前。同棲中のカレシカノジョだったが、そのことを自らイジるアドリブ演技で話題になった。それをこの『浪漫』でまたやるのはおもしろい。百波演じる峰が四人と別れたあとに知り合う五人めを春行にするというアイデアもいい。

映画会社は、シナリオライターに小倉琴恵の兄直丈を起用することも検討しているらしい。

だから原作者小倉琴恵自身の意向を確認する必要もあった。そのあたりも美奈に訊いてもらった。

「お兄さんのことは」と美奈はオムカレーを食べ進めながら言う。「オーケーというか、別にいいんじゃない？　って感じでしたよ。わたしがいい悪い言うことじゃない、みたいな」

「ならよかった。そういうのをいやがる作家さんも、たぶんいるからね」

「でも『カリソメのものたち』で一度一緒にやってますしね」

「だけど、ほら、あれは、先に作家として世に出てた小倉さんが、まだ世に出てなかった直丈さんに仕事をとってあげた感じらしいから」

「そうなんですか？」

「うん。中内さんが言ってた」

「へぇ。お兄さんがシナリオライターだから頼んだだけかと思ってました」

「シナリオライターが兄なら原作者として口を出しやすいっていうことでもあったみたい」

「あぁ、なるほど」

「実際に出してはいないみたいだけどね。原作者は映像化の許可を出すだけで、そこまでは絡まないから。まあ、あまりにも大きく変えられたら何か言うかもしれないけど」

「小倉さんは言わなそうですけどね。お兄さんのことをダメ兄貴とかは、よく言いますけど」

「言うの？」

「言います。あいつ筆が遅いのよ、とか」

「あいつ！」

「子どものころは、わたしのケーキのほうが小さいとか、わたしのイチゴのほうが少ないとかで、よくケンカしてたみたいです。といっても、小倉さんがお兄さんを一方的にひっかいて終わりらしいですけど」

「仲がいいんだか悪いんだかわからないわね」

「まあ、いいんでしょうね。お兄さんは反撃しないんだから」そして美奈は言う。「三橋さんのとこはどうですか？　やっぱり、お兄ちゃんと妹さんですよね」

「うん。ウチは、普通かな。特別よくはないけど、悪くもない。ケーキとイチゴではもめない。あ、でもこないだ、それこそマンゴープリンでもめたか。亮吾が理子のを食べちゃって」

「それはもめますね。今のわたしだってもめますもん、もしダンナがわたしのそれを食べちゃったら。ダンナが太志のそれを食べちゃったとしても怒ります、わたしが」

「食べちゃうの？　ダンナさん」

「知ってて食べちゃうことはないですけど、うっかり食べちゃうことはありますね。うっかり度は高いです。だからわたしが手綱を締めてますよ」

「おぉ。さすが姉さん女房」

「はい。もうこのままビッグママ的な強烈姉さん女房になってやろうかと思ってますよ」と美奈が笑い、

「何それ」とわたしも笑う。

夫婦仲がよさそうで何よりだ。それにくらべてウチは。ついグチりたくなるが、十歳下にそれはできない。ダンナが植木職人になると言いだしちゃって、とは言えない。もし言ったら。美奈は何と言うだろう。夢があっていいですね、と言ったりして。

「あ、そうだ」とその美奈が言う。「これ、言わなくていいと小倉さんには言われてたんですけど」

「何？」

「監督もまた都丸さんならおもしろいかもね、とは言ってました。小倉さん、都丸さんの演出は好きみたいで。『カリソメのものたち』の映画も評価してましたし」

「そうなんだ」

「はい。別にどうしてもってわけじゃないから言わなくていいとも言われてたんですけど。せっかくなので、一応お伝えしておきますよ。著者がそんなことを言ってたと」

「確かにありかもね。それぞれのスケジュールが合うかだけど。原作とシナリオの兄妹タッグだけじゃなく、監督も同じ。まったくちがう作品で、シリーズではないけど、この作家の作品はこの監督で、みたいな流れをつくっちゃうのはありかも。それで固定ファンを

つくれたら大きいわよね。映画ファンを小説に取りこめて、小説ファンも映画に取りこめてっていう」

「相乗効果ですね」

「うん。というそれはあくまでもこちらの希望であって、あちらがどう思うかはわからないけど」

「でも映画会社にとっても悪い話ではないですよね」

「そうだけど。あちらはあちらでつかいたい監督さんもいるだろうし」

「あぁ、そうか。とにかくこれは、わたし自身、本当にいい作品だと思うんで、本当にしたいですよ。映画化」

「うん。そうね」

　確かにしたい。が、これは本当に難しいのだ。もうまさに水もの。映画化やドラマ化の話は簡単に流れる。今回のようにキャスティング案が定まっていても流れる。シナリオができていても流れる。何人もが時間をかけてあちこちであれこれ積み上げても、流れるときは一瞬だ。資金の目処《めど》が立たない。もしくは、最後の最後で力のある人が、やっぱりこれはやめよう、と言う。それだけで、おしまい。あっさり流れる。

　そして流れたことの連絡は来なかったりする。やると完全に決まったときのみ連絡が来る。本決まりなら契約をしなければいけないから。流れたとしても、それをわざわざ伝えたりはしてくれないのだ。あちらにしてみれば、そうすることにメリットはないので。唾をつけたままの状態にしておけるなら、それに越したことはない。

「ただ。小倉さんが過度に期待してなければいいけど」

　わたしがそう言うと、美奈はこう返す。

「それはだいじょうぶです。小倉さん、最初に出した単行本の『カリソメのものたち』がすんなり映画になったからそんなものだと思ってたら全然ちがってた、と前に言ってましたし。そのあとも、ほかの作品で何度も映画化の話は来てたらしいんですよ。でも全部流れたみたいです」

「ウチの『根間姉妹』も流れたもんね。しかもあれ一作で二つ」

「はい」

　そうなのだ。『根間姉妹』は、こちらから売りこんだわけではないが、二社から話が来た。どちらもシナリオまでつくられたが、結局は流れた。

「だから今はもう、そういうのにはまったく期待してないそうです。話が来たと聞いても、あ、そうってくらいのもので」

「それがいいんでしょうね。わたしも、文芸第二にいたとき、小説景談新人賞の受賞作に映画化の話が来たんだけど流れちゃって。困ったことがあるわよ」

「誰のときですか？」

「上坂《うえさか》さん。上坂才梨《さいり》さん」

「あぁ。そうなんですね」

「新人賞受賞作が映画になったらそれはもうドーンといけるからわたしたちも期待したんだけど、やっぱり頓挫。あれどうなりました？　って上坂さんに何度も訊かれて。答えようがないのよね。こっちも何も聞いてないから」

「まだ連絡はないです、と言うしかないですもんね」

「そう。あのときの上坂さんは新人だから、そりゃ思っちゃうわよね、どうなってるのかなって。自分から映画にしてと頼んだわけじゃなく、あちらから映画にしたいと言ってきてるわけだから。しかもイメージキャストまで見せられてるし。実現するんだろうなって、思っちゃうわよ」

「結局、流れたんですか」

「うん。その連絡も来なかったけどね」

「今回のこれは、どうかそうなりませんように」

「都丸監督のことはあちらに言っとくわよ。小倉さんの希望じゃなく、あくまでも思いつきの提案ということで」

「お願いします」と頭を下げて、美奈は言う。「あぁ」

「ん？」

「やっぱりマンゴープリン食べようかな。三橋さんがマンゴープリンて言ったから、食べたくなっちゃいましたよ」

「じゃ、食べなさいよ」

「いや、ここは我慢」

「何でよ」

「太りたくないですもん。食べる瞬間おいしいだけでお腹に入ったらもう終わりなんだから我慢。食べたつもりになって、我慢」

「食べよう。いや、やめよう。揺れ幅がすごいわね」

「若い証拠ですよ」

「あ、それ言っちゃった。四十代だって、揺れるときは揺れるからね」

「マンゴープリンで揺れます？」

「マンゴープリンでは揺れないけど。揺れる前にもう食べちゃうから。でもほかのことで揺れるわよ」

「ほかのこと」

　って、何ですか？　と訊かれたら言ってしまおう。十歳下でもいい。グチを言い、意見を聞いてみよう。

　と思ったが、美奈は訊いてこない。代わりにこんなことを言う。

「あ、おつかれさまです」

「あぁ。おつかれ」

　見れば。佐原さん。佐原滝郎人事部長。わたしの後方から通路を歩いてきたのだ。

　空になったざるそばのざるが載ったトレーを持っている。ランチを終えたところらしい。そこはおっさん、いや、おじさん。やはりざるそばを食べたらしい。

「おつかれさまです」とわたしも言う。

「おぉ、何だ、三橋さんか。おつかれ。二人でご飯？」

「はい」

「ライツ、最近どう？」

「何ですか、そのざっくり質問」

「いや、恥ずかしながら、ライツのことはよくわからないから。いたことがないし」

「特にどうということもなく、何とかやってますよ」

「そうか。何よりだ」

「と、そこもまたざっくり」

「いろいろ、お願いしますよ。って、それは奥井さんもね。じゃあ」

そう言って、佐原部長は去っていく。

人事部長だからといって、七百人以上いる社員全員と知り合いなわけではない。佐原部長がわたしを知っているのは文芸第二部で一緒だったことがあるからで、美奈を知っているのは入社面接を担当したことがあるからだ。

佐原部長は社内結婚をしている。奥さんはウチの元契約社員。今も夫婦仲はいいらしい。うらやましい。いや、本当に。

奥さん。確か、和香さん。ケーキ職人になりたいなどといきなり言いだしたりしない、いい奥さんなのだろう。

「人事部長」遠ざかる佐原部長の背中を見ながら美奈が言う。「って、大変でしょうね」

「だろうね」

「もし今、編集部から人事部に異動って言われたらきついなぁ。人事部がいやだってことではないですけど、仕事内容がまったくちがいますもんね」

「うん。でもあり得なくはないのよね。佐原部長も、今の奥井さんと同じくらいの歳でもう人事部に行ってるし」

「そうなんですね」

「そこからはもうずーっと人事で、部長にまでなっちゃった」

「向いてたんですかね」

「人事に向いてる人って、いるの？」

「それは、いるんじゃないですか？」

「まあ、いるか。人をちゃんと見られなきゃいけないもんね」

「慧眼《けいがん》は必要ですよ」

「うん。あ、そういえば、これ知ってる？　担当編集者なら知ってるかな」

「何ですか？」

「佐原部長が入社面接で小倉さんを落としたの」

「あぁ。小倉さんがウチを受けて落ちたっていうのは聞いてますけど。佐原部長なんですか、落としたの」

「そう。昔のことだけどね。もう二十年近く前か」

「佐原部長が面接したんですか？」

「うん。まだ部長ではない若き日の佐原さんね」

「で、落としたんですか」

「らしいわね」

「わかるようなわからないような、ですね。と言いつつ、わかるに近いような。会社員向きの感じではないですもんね、小倉さん。まあ、当時のことは知らないですけど」

「今より尖《とが》ってたのかもね」

「ありそう」

「不快な質問をした面接官をひっかいてたりして」

「それをしちゃったらもう事件じゃないですか」

「そうか。落ちる落ちないの話じゃないね。ただ、まあ、結果的には落ちてよかったってことよね」

「どうしてですか？」

「だって、そこで落ちたからこうやって作家になれてるのかもしれないし。受かってたら、今もいるんじゃない？　ウチに」

「でも編集者から作家になる人もいますよね」

「いるけど。小倉さんはそのタイプではなくない？」

「あぁ。その流れで作家になってた可能性もなくはないですけど、作風は今とちがってたかもしれないですね」

「うん。そうね。今のほうがいいんだと思う。編集者を経験してたら、何か抑えちゃうような気がする。いろいろ整えちゃうというかね」

「わかります。そう考えたら、佐原部長、ファインプレーじゃないですか。よく落としましたよ。落としてくれましたよ」

「この学生は将来作家になるから今は落としておこう。と、そんなふうに考えて落としたわけではないと思うけどね」

「そう考えて落としてたら天才ですね。天才人事部長ですよ」

「その天才人事部長も、今は娘さんの結婚のことで揺れてるみたいだけどね」

「そうなんですか？」

「うん。わたしよりさらに上の五十代だけど、もう揺れに揺れてるみたい。こないだここで会ったとき、ぽろっとそんなこと言ってた。って、これはダメだ。内緒ね。個人情報だから」

「はい」

「人事部長の個人情報を洩《も》らしたことを知られたら、わたし、飛ばされちゃう」

「って、どこにですか。ウチは支社とかないのに」

「結果、人事部の副部長になったりして。佐原さんの下で」

さあ、始まる。いよいよ始まる。

江沢家初の家族会議だ。初めてなのに家族としての終わりを告げる、会議。

それは土曜日の夜におこなわれることになった。夕食の席でだ。

食べ終えてから居間のソファに移って、のほうがいいかと思ったが、食べながら、にした。何かしながらのほうが気が紛れるとも思ったのだ。四人でソファに座って、ではあまりにも深刻な空気になってしまう。さすがにテレビをつけるわけにもいかないから、音はなし。まちがいなく沈みこむ。

夕食のメニューを何にするかもあれこれ考えた。カレーにした。あえて気軽に食べられるものにしたのだ。例えば焼き魚にして各自箸や指で骨をとり除きながら会議をするのも頂けない。そこはスプーン一本でいきたい。美奈が社食で食べていたオムカレーにすることも考えたが、やめた。会議の前に手の込んだ料理をする気に、わたし自身がなれなかったからだ。いや、オムカレーはさして手が込んでもいないか。

会議と言うと大げさに聞こえてしまうが。話し合う場ではない。決定したことを伝達するだけの場、だ。

話し合いはもうすんでいる。厚久とわたし。何度も話したが、折り合いはつかなかった。あとのほうの何度かは、折り合いがつかないこと自体を受け入れるために話し合った感じだ。回を重ねることで、自分を納得させる必要があった。納得は、したつもりだ。

離婚は決定。亮吾と理子の親権はわたしが持つ。厚久も異は唱えなかった。当然だ。これで唱えられたらたまらない。

離婚はもうしかたない。ただ、時期はよくない。いや、はっきりと、悪い。亮吾は高校受験なのだ。入試は来年二月。時間がない。

幸か不幸か、理子に受験はない。当初わたしは理子にも中学受験をさせるつもりでいた。公立よりは私立に行かせたほうがいいと思っていたのだ。亮吾のときは思わなかったが、理子のときは思った。

だが理子自身が公立に行きたいと言った。むしろ公立のほうがいいと。仲がいい友だちと別れるのはいやだと言うのだ。仲がいい友だちにも中学受験をする子はいるようだが、一番仲がいい荒金芽衣沙ちゃんはしないらしい。

理子のその気持ちは大事だが、親として少し迷った。厚久とも話した。理子が公立に行きたいならそれでいいと思うよ、と厚久は言った。子どもだってちゃんと考えてはいるはずだからね、と。このときの厚久は、まだわたしに植木職人を切りだす前の厚久だ。もう考えてはいたくせに切りだしてはいなかった厚久。腹立たしい。

結局はわたしも理子自身の意向を優先させた。中学受験はさせないことにしたのだ。亮吾が通っていた公立中の評判も決して悪くなかったこともあって。

だからそちらはいいのだが。亮吾の高校受験は避けられない。そんな大事な時期に離婚を伝えたくはない。動揺させたくない。

ということで、受験が終わってから話すことも考えた。だが決まっているのに言わないのも、それはそれでよくないような気がした。受験までのあいだにどこかで歪《ひず》みが出ないとも言いきれない。

迷いに迷い、話すことにした。だったら早めに。そう思った。

今日は家族会議よ、などと言ったりはしなかった。が、予告もなしにいきなりはよくないので、夕食をつくる前にそれとなく、ご飯のときに二人にちょっと話があるから、と言った。

そして午後七時すぎ。四人でダイニングテーブルに着き、いただきますを言って、カレーを食べはじめた。ゴロンとした肉が入ったビーフカレーだ。

さてどうやって切りだそう、と考えるまでもなく、亮吾が言った。

「で、何？」

声音に不安はない。ただ訊いている感じだ。

わたしも口を開こうとするが、先に厚久が言う。オブラートなし。ストレートに。

「お父さんとお母さんな、離婚することになった」

えっ？　と来るかと思ったが、来ない。亮吾からも、理子からも。

「あぁ。やっぱりそうなんだ」と亮吾が言い、

「ほんとなんだ」と理子が言う。

「やっぱりって」とわたし。「わかってたの？」

「そりゃわかるよね。ちょっと話があるとか言われたら。というか、その前から何となくわかってはいたし。ここんとこずっと変な感じだったから」亮吾は理子に言う。「な？」

「うん」

変な感じ。伝わっていたのだ。３ＬＤＫのマンションでは隠しきれなかったらしい。

「だったら話は早い」と厚久は言う。「ごめんな。そういうことなんだ。亮吾と理子はここでお母さんと住む。お父さんが出ていく」

「何でなの？」と亮吾が尋ねる。

「お父さんのせいだ。全部お父さんのせい。お母さんは少しも悪くない。ドラマに出てくるいいお父さんみたいにお母さんをかばって言ってるわけじゃないよ。紛れもない事実。悪いのはお父さん。お父さんがわがままを言っただけ」

そして厚久は話した。植木職人のことを。言葉は少し簡単になったが、わたしに話したこととほぼ同じ。で、最後にこう締めた。

「離婚ていう言葉はきついけどな、お父さんはお母さんを嫌いになったわけじゃないよ。こうなっちゃったから、お母さんはお父さんを、ちょっとあれかもしれないけど」

「ちょっとあれって何よ」とわたしが言う。

「いや、それでお母さんがお父さんを嫌いって言うのは、何かずるいから」

と、そう言うのも何かずるい。結局、わたしの心が狭いみたいになる。

どうなのだろう。実際、狭いのか。よくわからない。怒るのが普通、という気はする。もっと怒り、話を聞いたその場で自分から離婚を突きつけたとしてもまだ普通、という気もする。

ただ。最終的には受け入れる妻もいるのかもしれない。離婚は避ける選択をする妻も、案外いるのかもしれない。というそれは、ここ何日かで思ったことだ。

ダイニングキッチンの空気は、さほど深刻なものにならない。沈みこむまではいかない。ふざけんなよ、と亮吾が怒鳴ったりはしないし、いやだよ、と理子が泣き叫んだりもしない。

「仲、悪くないのね？」と理子が尋ね、

「うん。悪くないよ」と厚久が答える。

「ほんとね？」

「ほんとだよ。だから今もこうやって一緒にカレーを食べてる。お母さんのカレー、お父さんは好きだし」

「カレーかよ」と亮吾が言う。やはり怒っている感じはない。苦笑しているだけ。

これはこれで拍子抜けした感じがあるが、何であれ、よかった。亮吾も理子も、厚久とわたしの関係が悪化した結果こうなったのではないと理解してくれたらしい。離婚そのものも、とりあえず受け入れてくれたらしい。

「だからな、お父さんは来年沖縄に行くよ。知念さんの都合もあるから、まだはっきりいつとは言えないけど、遅くとも三月には行くと思う。で、四月からは向こうに住む」

「沖縄か」と亮吾が言う。「遠いんだよね?」

「ああ。遠いな。飛行機でも二時間半かかるよ。お金もかかる。今は格安航空券もあるけど。でも高いな」

「沖縄って、暑いんだよね?」とこれは理子。

「ああ。暑いな。一年じゅう気温は高いよ」

「だったら、冬は寒くない?」

「そうだな。気温は低くても十五度前後みたいだ。風が吹いててちょっと寒く感じることはあるらしいけど」

「わたし、夏涼しいよりは冬あったかいほうがいい」

「じゃあ、理子は北海道よりは沖縄向きかもな」

「でも北海道もいいな。広〜いの、好き」

「何でもいいんじゃん」と亮吾が言い、

「何でもよくはないよ」と理子が返す。

「亮吾、お代わりは?」とわたしが訊く。

「もらう。肉多め」

「今も多かったでしょ」

「もっと多め」

「ご飯は普通でいい？」

「うん」

席を立ち、よそってやる。小学生のころはご飯全体にカレーをかけていたが、中学生からは半がけを希望するようになった。これ邪魔、と言っていた福神漬けも好んで食べるようになった。

亮吾が二杯めのカレーを食べる。まずはゴロンとした牛肉を一つ食べ、それからご飯を食べる。そして言う。

「ねぇ」

「ん？」とわたし。

「ぼくも行きたい」

「え？」

「沖縄」

「は？」

「住んでみたぃ」

「何それ。高校はどうするのよ」

「そっちで行くよ。沖縄のに行く」

「無理に決まってるでしょ」

「無理じゃないよ。ここにいたって高校は行くんだし。同じじゃん」

「同じじゃないわよ」

「同じだよ。沖縄にだって高校はあるよね」

「そりゃあるだろうけど。こっちで行きなさいよ」

「小中はこっちだったから、高校は沖縄で行きたいよ」

「じゃ、わたしも」と理子も言う。「中学は沖縄で行く。そっちに住む」

「いやいや。ダメ」

「何で？」

「何でって。あんたたちはこっちに住んでるの。住むの」

「だってさ、向こうにお父さんが住む家があるんでしょ？　だったらぼくらも住めるじゃん」と亮吾が言い、

「住めるじゃん」と理子も続く。

「いや、でも。理子は、芽衣沙ちゃんと別れたくないんでしょ？」

「そうだけど。沖縄なら別。私立中ならなしだけど、沖縄ならあり」

「家、一戸建てなんだよね？」と亮吾が尋ね、

「ああ。平屋だけどな」と厚久が答える。

「三人でも住めるよね？」

「まあな。前は四人で住んでたみたいだから」

「じゃ、余裕じゃん」

「いや、ちょっと」とわたし。「ダメよ。そんなのダメ」

「ずっとじゃないよ」と亮吾が先手を打つ。「大学はこっちのに行く。だから高校の三年間。それならいいじゃん。住む場所が変わるだけ。高校だって、偏差値が同じなら一緒じゃん」

「わたしも、中学の三年間。高校はこっちで行く。住む場所が変わるだけ。中学なら偏差値もないから一緒」

「一緒一緒って。東京と沖縄は一緒じゃない。ほんとに何なのよ。まさか示し合わせてたわけじゃないでしょうね」

「いやいや」と厚久があわてて言う。「僕は話してないよ。何も話してない」

「今聞いたよ」と亮吾。「でも聞いたからには行きたくなった。だって、こんな機会ないし」

「高校に入ってから旅行で行きなさいよ。お金は出してあげるから」

「旅行はいいよ。住めるんだから住みたいよ」

「住みたい住みたい」

「無理よ、そんなの。理子はともかく、亮吾は受験まであと少しじゃない。時間がないわよ」

「だったらと」

そう言って、亮吾は部屋着のパンツのポケットからスマホを取りだし、何やら検索を始める。

「ちょっと。ご飯中にスマホ！」

というわたしのその言葉を亮吾は軽やかに無視。検索を続ける。

「那覇市、だよね？」

「ああ」と厚久。

「高校、結構あるじゃん。おぉ。偏差値的にちょうどいいのもあるよ」

そりゃあるでしょうよ、と思う。県庁所在地なんだし、と。

「那覇って、意外と町なんだね」

「見せて見せて」と理子が席を立ち、亮吾の背後にまわってスマホを覗《のぞ》きこむ。

「だからご飯中！」とわたし。「意外と町ならこっちにいればいいじゃない。こっちはもっと町なんだから」

「でもこっちはずーっと町じゃん。町だらけじゃん」と亮吾。「沖縄ならそうじゃないとこにも行けるよ。なら行きたいよ。うわ、すげっ！　海、青っ！　浜、白っ！」

「サメ出ない？　サメ」と理子。

「出るなら人が泳いでないだろ」

「水に入ってても自分の足とか見えそう。もうプールじゃん」

じゃあ、こっちでプールに行きなさいよ、と言いたくなる。

予想外。まさかこんなことになるとは思わなかった。二人が受け入れてくれたのはよかった。だがこれは。ない。本当に、ない。と言いつつ、反対しきれない自分もいる。親の離婚を子に味わわせてしまうのだ。親の勝手な理屈で。

わたしたちの離婚は勝手な理屈によるものだが、今の亮吾の理屈には無理がない。子どものそれではない。大人も充分納得できるそれになっている。三年間沖縄に住むだけ。そこには何らマイナスがない。十代でのそれは、いい経験になるだろう。

だとしても。

「それじゃあ、お母さんがさびしいじゃない」と言ってしまう。

次いで。

「どっちかが残ってよ」と情けないことも言ってしまう。

「一人ずつに分かれたら余計大変じゃん」と亮吾。「お父さんもお母さんも、その一人のためにご飯をつくんなきゃいけないし」

これまた無理がない。筋が通っている。

「お母さんは一人でだいじょうぶだよ」と理子も言う。「お父さんとちがって強いから」

「そんなことないわよ」と返しはするが。

自分でもそのつもりでいた。

結婚後も、ずっと働いた。出産後も、それぞれ一年ずつの育休はもらったが、以降はずっと働いた。短時間勤務を選択したりはしなかった。そのうえで家事育児もやった。保育園への送り迎えも自分でやった。延長保育で料金はバカ高くなってしまったが、その分働けばいいだけだとがんばった。そうできたのだからわたしは強いのだと思っていた。何ならわたしが江沢家を支えているのだと。

それは正しい。

が、それだけですべてがまわっていたわけでもなかった。

亮吾と理子は、厚久とわたしの離婚を受け入れた。わたしが親権を持つことも受け入れた。それでも、三年は厚久と暮らすと言う。

わたしは支えていたが、支えられてもいたのだ。亮吾と理子に。それから、厚久にも。

結局、本当にそうなった。厚久だけでなく、亮吾と理子までもが来年の四月から沖縄に住むことになった。

亮吾は沖縄の高校の入試を受け、理子も沖縄の中学校に進む。厚久は知念富士男さんのもとで植木職人の修業をしながら亮吾と理子の世話もする。わたしは一人東京で暮らす。笹塚のこの3LDKのマンションで。

自分たちでできることは自分たちでやる。家のことも手伝う。亮吾も理子もそう言っている。やりきれはしないと思うが、やろうとはするだろう。そういう子なのだ、二人とも。それは厚久から受け継いだ資質なのか、わたしから受け継いだ資質なのか。両方かもしれない。

亮吾は、前以上に受験勉強に励むようになっている。だって絶対に落ちられないからさ、と日々奮闘している。

理子は、沖縄の言葉の予習を始めている。島の言葉はしまくとぅばって言うんだよ、とわたしに教えるようになっている。

子どもたちの成長が加速している。マイナスがないどころか、早くもプラスばかりが生まれている。

十二月下旬。学校が冬休みになってすぐ。亮吾と理子、それぞれと二人で話す機会があった。

まずは亮吾。

その日わたしは在宅ワークをしていた。会議も打ち合わせもすべてリモート。出社する必要はなかった。理子はやはり荒金芽衣沙ちゃんと遊びに行っていて不在。亮吾も受験勉強をしていたから、家は静かだった。

午後三時すぎ。ちょっと時間ができたので、ココアを入れるわよ、と亮吾に声をかけ、実際に入れた。

自室で飲むかと思ったら、亮吾は居間で飲んだ。だからわたしもすぐには仕事に戻らず、隣のソファに座って飲んだ。

「家で仕事するのは楽?」と訊かれ、

「うーん。楽でもないわね。通勤がないのは楽だけど」と答えた。

「じゃあ、出版社の仕事は大変？」

「それは大変」

「そうなんだ」

「どんな仕事も大変よ。楽にお金を稼げる仕事なんて、たぶん一つもない。だから、ネットにそんな広告が出てても信じちゃダメよ。そういうのに飛びついちゃダメ」

「信じないし、飛びつかないよ。でもさ」

「うん」

「本を出すっていうのは、いいよね」

「そうね。だからこの仕事は好き。大変だけど、好き」

「お父さんは、そうなれなかったんだね」

「そう、なのかもね」

亮吾はココアを一口飲んで、いきなり言う。

「お父さんはお母さんを嫌いじゃないって言ってたけど」

「ん？」

「お母さんはどうなの？」

「嫌いじゃないわよ」

「だったら」

「何？」

「離婚する必要、あるの？」

それはわたしも考えた。考えに考えた。当然だ。離婚。しなくてすむならそれに越したことはない。『浪漫』の今堀峰のように四度もするなどあり得ない。本音を言えば、一度だってしたくない。

「亮吾はまだうまく理解できないかもしれないけど。お父さんとお母さんは、もう、行く道がちがっちゃったのね。お父さんはこの先もずっと沖縄に住むんだと思う。こっちに戻ってくることはないんだと思う。お母さんも一緒にそうできればよかったんだけど、お母さんはできない。沖縄はね、好きなのよ。お父さんとではないけど、昔お友だちと一緒に行ったことがあって、すごく楽しかった。そのときは住んでみたいとも思ったけど、でもずっとは住めないだろうなとも思った。お母さんは東京の暮らしに慣れちゃってるからね。今の仕事も、やりたくてやってるわけだし。だから東京で働いてあんたたちを育てたかったの。今でも沖縄には行きたいけどね。実際、遊びには行くだろうし。その前にまず、亮吾の受験のときに行くし」

「歳をとって働き終わったら向こうに住むっていうのは？」

「それも考えたけど。あと二十年ぐらいあるしね。歳をとったからそっちに住みたいと思うかは、わからない。そうなる人もいるでしょうけど、お母さんは、やっぱり住み慣れたこっちに住みたいと思っちゃうのかな。最近はあまりないけど、編集者をしてたころは、たまに地方の町に出張したりしてたでしょ？　一泊とかで。その帰りにね、新幹線に乗ってくるわけ。で、たった一泊でも、品川を過ぎて東京駅に向かうときに、あぁ、帰ってきたなぁ、と思うの。新橋から有楽町の辺りでかな。その一日で、何かもう、街並みが恋しくなっちゃってるのね。お母さんは東京が好きなんだなぁって、そのたびに思った」

「東京」

「うん。でもね、お父さんが選んだ道も、尊重はしたい。初めはね、正直、バカじゃないの？　って思ったのよ。実際、そう言っちゃったし。ただね、話してるうちに、お父さんはお父さんでずっと我慢してきてくれたんだなって、わかってきた。これ以上我慢させるのはいやだな、とも思っちゃった」冗談めかしてこう付け加える。「亮吾の受験の年に言いださないでよ、とも思ったけどね」

「ぼくは、受験の前に言いだしてくれてよかったよ。高校に入ったあとだったら、そこから沖縄の学校に転校するっていうのは無理だったろうし」

そう言われて、少し思った。厚久、亮吾が高校に入ったあとに言いだしてくれればよかったのに、と。だがそんなことは言わずにこう言った。

「お母さんはちょっとさびしいけど。でもこうなったら、亮吾は沖縄でいろんなものを見てきて。そういうのが、将来好きな仕事を見つけたりするのに役立つと思うから」

で。

亮吾に続いて理子。

その日も、わたしは在宅ワークをしていた。亮吾は塾に行っていて不在。理子は冬休みの宿題をしていたから、家はやはり静かだった。

そしてやはり午後三時すぎ。今度はココアでなく、理子に請われてホットの蜂蜜レモンドリンクをつくった。レモンの搾り汁に大さじ一杯の蜂蜜を加え、お湯を注いだものだ。

わたしがつくっているときから、理子はもうキッチンにいた。沖縄に行ったら自分でやるからつくり方教えて、と言ってきたのだ。合間には、さらにこんなことも言った。

「ねぇ、お母さん」

「ん？」

「わたし、残ろうか」

「え？」

「こっちに」

「どうして？」

「だって、お母さん、一人になっちゃうし」

「それはだいじょうぶよ」

「ほんと？」

「うん。さびしいけど、だいじょうぶ。理子こそだいじょうぶ？　こっちに残りたくなったんじゃない？　やっぱり芽衣沙ちゃんと別れるのがいやになったんじゃない？」

「そうじゃないよ」

「ほんと？」

「ほんと」

何だ。ちょっと残念。

そう思いつつ、わたしは言った。

「だったら、理子も行きなさい。お母さんは一人でだいじょうぶだから。亮吾と理子が夏休みとかに帰ってきてくれればそれでいいから」

「沖縄で友だち、できるかなぁ」

「理子ならできるわよ。芽衣沙ちゃんみたいなお友だちが、きっとできる」

「珍しがられはすると思う。でもいいじゃない。興味を持ってもらえるっていうことなんだから。笹塚のこととか、教えちゃいなさいよ」

「笹塚なんて誰も知らないよ」

「じゃあ、新宿のこととか渋谷のこととかを教えてあげな。その二つならみんな知ってるだろうから」

「それはわたしがよく知らないし」

「でも何度も行ってるじゃない。映画観にとか買物しにとか。そういうことを話してあげればいいよ」

「お母さんが景談社で働いてる、とか？」

「うん。それでもいい。景談社の本は沖縄でも売ってるはずだから。いや、はずじゃなくて、売ってるから」

理子も不安なのかもしれない。沖縄に行きたいことは行きたいが、不安なのだ。まあ、そうだろう。小学校から中学校に上がるときは誰でも不安になる。転居を伴わないただの持ち上がりでも、なる。東京の小学校から沖縄の中学校へ、であれば不安にならないほうがおかしい。

だが理子は自分でそうすることを選んだ。そんな不安を軽々と乗り越えていけるのが十代だ。乗り越えることで、子どもは強くなる。強くあれ、理子。で、一人でも我慢しろ。強くあれ、梓乃。

二人で居間に移り、ソファに座った。蜂蜜レモンドリンクを飲みながら理子が言った。

「お父さん、おもしろいよね」

「何が？」

「いきなり沖縄に行くとか」

「あぁ。おもしろいね、おもしろ過ぎて困っちゃう」

「お父さんはお父さんだよね？」

「どういうこと？」

「お母さんと離婚しても、わたしのお父さんだよね？　お母さんがほかの人とまた結婚したりしても、わたしのお父さんだよね？」

いきなりのその質問。あせりながらも、間を置かずに答えた。

「そうよ。それは変わらない。この先何があっても、お父さんが亮吾と理子のお父さんでなくなることはない」

理子がほっとした様子でうなずくのを見て、わたしも蜂蜜レモンドリンクを一口飲んだ。

ほかの人とまた結婚。わたしがそうすることはあるのだろうか。と、初めてそんなことを考えた。ないとは言えない。が、あるとも言えない。まだ自分が再婚するイメージは湧かない。このまま一人、の公算が大きいような気がしないでもない。が、やはりないとは言えない。そうは言いたくない。『浪漫』の峰は五人めに向かうのだから、わたしも二人めぐらいには向かうかもしれない。その二人めがまた厚久になる可能性だって、ないとは言えない。時が経って気が変わる。そんなことだって、なくはないかもしれない。

あらためて、亮吾と理子のことを思った。今回のことでわかった。だいじょうぶ。二人はちゃんと育っている。人を思いやれる子になっている。

いや、今さら言うまでもない。二人は、掛け値なしにいい子なのだ。

次に売りこむ作品を探すべく、わたしは家でゲラを読んだりもしてしまう。そんなとき、二人はわたしを放っておいてくれる。自分でできることは自分でしてくれる。

まず、部屋の掃除は必ず自分たちでしてくれる。亮吾はバスタブにお湯を張る前のおフロ掃除までしてくれる。理子は洗濯物をたたんでくれる。干していたそれを取りこむだけではない。たたんでもくれるのだ。動画を見てＴシャツを速くたたむ裏技を覚えたよ、と言い、実際にそれを披露してくれた。本当に速くて驚いた。

　わたしにも仕事がある。幸いにも、好きな仕事だ。この歳でもなお好きでいられる出版社での仕事。わたしはそれで稼がなければならない。亮吾と理子を育て上げなければならない。だから会社をやめて沖縄になど行けない。三年間、沖縄の厚久保育園に亮吾と理子を預けるだけだ。ただ。沖縄に縁ができたのは、悪くない。遊びには行けるのだ。ある種のよりどころにもできるのだ。それは大きい。

　だから少なくとも三年間、わたしは一人になる。逆に言えばそれは、自分の時間が持てるということだ。やれることが増えるということだ。

　だったら、何かしたい。動きだした厚久と亮吾と理子に負けてはいられない。家で一人めそめそしてはいられない。

　何かの講座でも受けてみるか。何かの資格でもとってみるか。何なら思いきって、編集者上がりの出版社員として小説でも書いてみるか。書いたその処女小説を小説景談新人賞に送ってみるか。

　といった厚久チックな迷走は、まあ、避けるとして。

　せめて習いごとぐらいはしてみたい。

　ヨガ？　ピラティス？　ゴルフ？　社交ダンス？　英会話？　陶芸？　絵画？　楽器？

　楽器！　それはいいかもしれない。奥井美奈も、会社員のダンナが趣味でドラムをやっていると言っていた。バンドを組み、スタジオで演奏しているそうだ。そんなふうになれば、人とのつながりもできる。

実はわたし、高校生のときにベースをやっていたことがあるのだ。ガールズバンド、GO-BANG'Sのコピーバンドで。

それは高校まででやめてしまった。大学でもやるつもりでいたが、メディア系サークルというか、そのもの出版サークルに入ったことでうやむやになってしまったのだ。サークルなんてかけもちしてもいいのだから音楽もやっておけばよかった、と少し後悔した。出版社で仕事をして厚久と結婚もして亮吾を産んで理子も産んで。と、そんなことをしているうちにきれいさっぱり忘れていたのだが。ここへ来て思いだした。

久しぶりにベースをやってみるというのは、ありかもしれない。四十五歳の今だからこそ、副部長なんて重々しい肩書がついてしまった今だからこそ、だ。

お父さんはお母さんを嫌いじゃないって言ってたけど、お母さんはどうなの？

亮吾はわたしにそう訊いた。

嫌いじゃないわよ。

わたしはそう答えた。そこでの模範解答をしたつもりだ。厚久やわたしのためにというよりは、亮吾のためにそう言った。

そして今。わたし自身の答が出る。

わたしは本当に厚久のことが嫌いではない。

嫌いではないからこそ。うそ偽りのない円満離婚をしたい。

断章　小《お》倉《ぐら》琴《こと》恵《え》　十二月十六日（金）

他人がしてると汚らわしく見えるのにいつの間にか自分がしてて実はそれこそが純愛ではないかと思ったりするものな〜んだ？

答は不倫です。

という素晴らしい書きだしを用意していたのだが、今回はなしになった。

担当編集者の奥ちんが、不倫をメインに据えるのは難しいと言うのだ。読者のなかにはそれだけで嫌悪感を覚える人もいる。そんなことで小倉さんの小説の評価が下がってしまってはもったいない。と。

きれいな言い方だが。結局は、売れませんよ、ということ。奥ちんが言うならそうなのだろう。

残念は残念だ。わたし自身が経験したあれこれをその一作にぶち込んでやろうと思ったのに。不倫相手である杉林《すぎばやし》公親《きみちか》の妻秋《あき》穂《ほ》さんとサシで飲んで意気投合したあの日のことなんて、かなりおもしろく書けたはずなのに。

まあ、それはまたいつかよそで書くこともあるかもしれない。

奥ちんは慎重派だが、下す判断はいつも正しい。そこは信用してる。たぶん、今が書くべきときではない、ということなのだろう。

奥ちんは、こっちの案に反対したらしたでちゃんと代案を示してくれるからいい。

なかにはそうでない編集者もいるのだ。ただダメダメ言うだけの人。じゃ、何かあります？　と言うと、いや、そこは小倉さんがやりいいように、と返してくる。作家を尊重するように見せるだけで、何もない人。何も生めない人。

今回奥ちんが示したのは、夫婦だ。

それはおもしろいかもしれない。不倫はしたことがあるが結婚はしたことがないわたしが、夫婦。悪くない。

タイトルは。

『夫妻集』なんてどうだろう。

佐原夫妻　一月から五月

「僕が犯人なんですか？」と容疑者が言い、

「そう思わざるを得ません」と刑事が言う。

　まちがいなく、この容疑者は犯人ではない。

　午後九時からの刑事ドラマで、九時半までに犯人かと疑われた人物はまず犯人ではないのだ。が、九時二十分までに犯人かと疑われた人物は、実は犯人ではなかった、を経て、やっぱり犯人だった、となることもある。今は九時二十五分。したがって、この容疑者は犯人ではない。

　シナリオライターは大変だよなぁ、と思う。スーパーの割引シールをほかの商品に貼り替えたのを見とがめられたお客が逆恨みをして店員を殺害。そんな話をよく思いつくものだ。

　刑事ドラマは、昭和の半ばからそれこそ無数につくられている。もう、ほかとかぶらないネタなどないだろう。そのなかで、かぶった感じがないものをどうにかひねり出さなければならないのだ。

娘が犯人だと勘ちがいした父親がその娘をかばって自分が容疑者になる。娘は娘で父親が犯人だと勘ちがいしてかばい自分が容疑者になる。だが実は犯人はほかにいる。そんな話はもう見飽きている。たまには、話の筋自体が練りに練られていて感心させられるものもあるが、無理に練っているからどこかに穴ができてしまう。犯人の動機があまりにも弱いとか、警察の捜査があまりにも杜撰《ずさん》だとか。

例えばドラマの中盤で主人公の敏腕刑事があることに気づく。我々視聴者は一瞬、おぉ、となるが、直後に、でもよく考えたらそれ最初に気づくでしょ、となったりもする。要するに、そこまで考えて見てはいないのだ。

今のおれもそう。この俳優は顔を知らないから犯人ではないな。この手のドラマでたまに顔を見る俳優がやっているスーパーの店長が犯人なのだろうな。そんなことを漠然と考える程度。極端なことを言ってしまえば。誰が犯人でもかまわない。誰が犯人でも驚かない。驚くとすれば、主人公の敏腕刑事が犯人でした、となったときぐらいだろう。

だがそれをやるわけにはいかない。このドラマ『所轄の星』シリーズは、主演俳優増尾《ますお》民世《たみよ》がいてこそなのだ。苦み走った中年男性刑事四方尽八。離れて暮らす娘と真相の究明以外には興味がないやもめ刑事。シーズン3の第二話というこんな中途半端なところで主役刑事を退場させるわけにはいかない。

そういえば、これ、原作は景談社刊だ。ミステリー作家興津究作さんの作品。小説のタイトルは『所轄星』。所轄の星、ではなく、所轄星。しょかつぼし、だ。星には、所轄署のエース刑事という意味のほか、犯人の隠語であるホシの意味もある。ドラマでは、原作にあったハードボイルド感はかなり弱められている。もはや別ものと言ってもいい。で、テレビを見つつもこんなふうに脇に逸れているくらいだから、おれの興味はすでにドラマにはない。まあ、初めからないのだ。そもそも、おれはドラマをあまり見ない。居間のソファに座ってテレビを見ていればいずれ和香も来るだろう。隣に座って一緒に見るだろう。来てほしい。見てほしい。そう思っただけの話。

だがその当ては、予想どおり、外れる。夕食後の洗いものを終えた和香は、こちらに来ない。ダイニングテーブルの前のイスに座り、旅行に関するムック本を読んでいる。景談社刊ではないそれだ。

だからおれは一人で座っている。結構いい値がした四人掛けの本革ソファセットに、一人で。

この家は文京区にある。最寄駅は都営三田線の白山《はくさん》。間取りは2ＬＤＫ＋Ｓ。Ｓはサービスルーム。居室としての基準は満たしていない部屋のことだ。一階には、バスとトイレとそのサービスルーム。二階にはこのＬＤＫ。三階には洋間が二つ。ルーフバルコニー付き。屋上から景色を眺められる。土地は狭いので庭はない。それでも安くはない。一億まではいかないが、八千万円台。二十三区内の一戸建ては高いのだ。

夕食は和香と一緒にとった。だがそれだけ。同席したというだけ。会話はほとんどなかった。さんまうまいな、とおれが言い、旬は過ぎたけどね、と和香が言う。大根おろしはちょっと苦いな、とおれが言い、普通でしょ、と和香が言う。その程度。そんな状態がもうずっと続いている。

別にケンカをしたわけではないのだ。おれは五十五歳で、和香は五十二歳。もうケンカするほどの負の熱意は持てない。仮にしたとしても、大きなケンカにはならない。その代わり、こんなふうにどこかひんやりした感じになってしまう。

今のおれらを短く説明すれば、こう。娘の結婚に揺れる、結婚三十年めの夫婦。

結婚二十五年めの銀婚式や五十年めの金婚式が有名だが、十五年め以降は五年ごとに何かしらあり、三十年めは、真珠婚式、になるらしい。

そう。おれらは結婚して三十年にもなるのだ。そりゃ小さかった娘も大きくなる。小学生だったはずが大学生にもなる。大学生だったはずが社会人にもなる。結婚したい相手を家に連れてもくる。

で、その結果。おれは嫌われた。その娘楓からだけでなく、妻和香からも。

あのときは十月で、今はもう一月。そろそろ三ヵ月。まだ嫌われている。負の微熱が続いてしまっている。

だがあれは無理だろう。いくら何でも、あの池本悠は。

お笑い芸人志望って何だよ。役者志望でもあるって何だよ。どっちもですって何だよ。きっちり半々ですって何だよ。

とおれは思ったのだが。和香は思わなかったらしい。

あとでこう言われた。頼もしい子だったじゃない、と。そして。あなたは偉そうだった。彼に対して、すごく失礼な態度をとってた。正直、わたし、いやだった。とも。
否定はできない。そんな態度をとっていたと思う。隠すことはできなかった。隠したくなかったのだ。受け入れたととられるわけにはいかなかったから。

おれは出版社に勤めている。景談社。今はそこの人事部長。和香とは社内結婚だ。和香は正社員ではなく契約社員。派遣社員とちがい、契約は直接景談社と結んでいた。だから社内と言っていい。

契約社員は有期。最長でも五年。契約を更新することもある。五年。そのなかで、丸三年一緒に働いた。二年一緒に働いたところで付き合い、さらに一年一緒に働いたところでプロポーズした。結婚を機に、和香は仕事をやめた。そしてすぐに楓を身ごもった。

和香の旧姓は、笹目《ささめ》。子どものころのあだ名はワカメだったという。和香で、笹目だからだ。もちろん、『サザエさん』のワカメちゃんも意識されている。おれや和香が小学生のころもアニメは当たり前に放送されていたのだ。

確か、日曜日の午後六時半からだけでなく、火曜日の午後七時からもやっていた。再放送ではあったらしいが、それも二十年以上続いたはずだ。『サザエさん』は週二回。そういうものだと思っていた。

おれと和香が一緒に働いたのは、販売部で。和香は細々とした仕事をあれこれまかされていた。歳は三つ下だが、頼りになる人、との印象があった。頼りになる女性、ではなく、人。まずはそうだったのだ。その頼りになる人を、いつの間にか女性として見るようになっていた。

もし断られたらあとがきついな、と思いつつ、告白した。驚かれたが、どうにか受け入れられた。とてもうれしかった。プロポーズを受け入れてくれたときは、もっとうれしかった。結婚したあとに、できた、と言われたときは、もっともっとうれしかった。一瞬の間を置いて、ぐわん、と来た。何かが腹の底から湧き上がってくる感じがあった。いや、沸き上がってくる感じ、か。

子どもが女の子だとわかったときもうれしかった。男の子でもうれしかったはずだが、女の子でもうれしかった。おれは三兄弟の三男。男兄弟のなかで育ったためか、自身が女の子の親になるのをとても新鮮に感じた。家に女性が二人いるようになる。そう考えるだけでもう新鮮だった。

そして楓誕生。それがうれしさのピークだと思う。その上はもうないだろう。超えるものがあるとは思えない。賞金七億円の宝くじが当たったとしても、超えない。

楓という名前はおれが考えた。漢字のなかに、風、が入ってるのがいいわね、と和香も言ってくれた。確かに、と言われて初めて思った。

その後、二人めをつくることも検討した。そこはすごく迷った。楓に弟か妹を持たせてやりたい、という気もした。だが。楓を大切に育てたい、という気もした。楓がヴァイオリンをやりたいと言ったらやらせてやりたい。フィギュアスケートをやりたいと言ったらやらせてやりたい。そう思った。楓はどちらも言いださなかったが。

幼児教室に通わせ、小学校は国立大学の附属に入れた。だから一応、お受験もした。和香と二人、度を越したバカ親にならないよう気をつけつつ、がんばった。

楓は中学と高校もそのまま附属に行った。小中は共学だが、高校は女子校だ。目立った反抗期はなかった。女子はちがうな、と思った。おれら三兄弟は、三人ともあったからだ。兄二人にもあったし、おれにもあった。結構ちゃんとしたのがあった。だが楓にはなかった。和香のおかげかもしれない。

高校まではずっと附属で来たが、肝心の大学は国立で、内部進学の枠は少ない。だが楓はそこの一般入試を受け、合格した。ほかの大学も合格したが、やはり国立なのでそちらに行った。孝行娘だ。

大学での就活は、一社から内定が出たからといって即決せず、粘り強くおこなった。結果、大手の化学会社に入ることができた。楓は文系なのに化学会社。がんばった。そして今は入社五年めだ。変わらずそこで働いている。

その楓が帰ってくる。居間との境にあるドアを開けて、入ってくる。ちょうど、『所轄の星』第二話の犯人がわかったとき、だ。

犯人は。割引シールをほかの商品に貼り替えたのを見とがめられたお客ではなく。いかにも犯人ぽい俳優が演じていたスーパーの店長でもなく。もちろん、増尾民世演じる四方尽八刑事でもなく。スーパーの出入業者だった。午後九時半すぎに初登場した女性だ。動機は色恋のもつれ。単なる個人的な怨恨。

いや、それはあと出しだろ、と思いつつ、楓を迎えた。

「おかえり」とおれが先に言ったのだが。

「おかえり」と和香が言うのを待って、楓は言う。

「ただいま」

これまたもうずっとこんななのだ。やはりケンカをしたわけではないが、楓は怒っている。いや。ケンカをしていないと思っているのはおれだけで、楓はしたと思っているだろう。

楓が池本悠をこの家に連れてきた十月の日曜日。その夜。

池本くんは認められない、とおれは言ってしまったのだ。それどころか。彼との結婚は許さない、とまで言った。

楓はすぐに何か言い返したりはしなかった。しばらく黙ったあとに、言った。

別に許さなくていいから。

何か言わなければ、と思い、おれはこう言った。

あれはダメだろ。

楓は言った。

あれって何？　娘のカレシが、あれ、なんだ。お父さんは、そういうあれだ。

というそれはこたえた。いや、楓。お父さんにあれって。

だがそのときにあったのはそれだけだ。だからケンカをしたわけではない。衝突はしていない。と、おれは思っている。お互い意見を言い合っただけだ。ケンカじゃない。ケンカはしていない。

刑事ドラマで犯人がわかったところだから、午後九時五十分あたり。帰宅するには遅い時間だ。

「残業だったのか？」と訊いてみる。

やや間を置いて、楓は言う。

「ちょっと飲んできただけ」

「あぁ、そうか」

よかった。答えてはくれた。無視されてはいない。当然だ。ケンカなどしていないのだから。あとは何を訊こうか考えていると。楓が和香に言う。

「ねぇ、お母さん」

「ん？」

「わたし、一人暮らしするから」

「えっ？」と言うのは和香ではない。おれだ。「何だよ、それ」

「どうしたの？　急に」とさすがに和香も言う。

楓はどこにも座らない。立ったままでいる。ダイニングテーブルの前のイスに座っている和香と居間のソファに座っているおれのあいだ。ただし、和香寄り。

「急にでもない。前から考えてたの」

「異動になるとか、そういうことか？」と訊いたのはおれだが。

楓は何故か和香に答える。

「異動ではないけど。会社に入って五年めだし、そろそろ家を出るべきかなって」

会社に入って五年めだからというなら。去年の四月からはもう考えていたということなのか。

「せっかく通えるところに家があるんだから、いればいいじゃない」と和香が言う。「無理に出ていくこともないじゃない」

いい意見だ。そのとおり。もっと言え。和香。

楓の勤務地は日比谷で、ここは白山。都営三田線一本で行ける。便利。そういう便利さを享受するために、おれはがんばって二十三区内に一戸建てを買ったのだ。家族三人で享受するために。

「いつまでも甘えてるのも何だし」

ちがうよ、楓。それは甘えじゃない。便利さを享受するのは甘えじゃない。

「別に甘えてないじゃない」と和香。「お金はちゃんと入れてくれてるし」

そうなのだ。楓は月に五万円も入れてくれている。普通は三万とかだろう。おれに言わせれば、一万だっていらない。タダでいいのだ。娘なのだから。

「たった五万じゃない」とその娘が言う。「五万じゃこの辺りには住めないよ。そのうえ生活費だってかかるし」

「だからいればいいじゃない」

いればいい。出ていく必要などない。がんばれ、和香。

「でも決めたから。もう不動産屋さんに仮押さえをしてもらってる」

「そうなの？」

「うん。土曜に見に行ってくるよ」

「どこ？」

「代々木上原。ほら、千代田線で日比谷まで一本で行けるから。今よりはちょっと遠くなるけど、時間はほとんど変わらない。駅から歩いて二分だし」

「だいじょうぶなの？　セキュリティとか」

「一応、オートロックは付いてるよ。物件は三階だし」

「部屋は一つ？」

「うん。ワンルーム。でも七畳」

「家賃いくら？」

「七万円」

思ったより高くない。

「古いんじゃないの？」

「築二十年ぐらいだったかな。でも見た感じすごくきれいで、そんなに経ってるようには見えない。まあ、そうは言っても写真だから、ちゃんと見てこようと思って。それで仮押さえをしてもらったの。土曜までならいいって言うから」

「お母さんも行く？」

「いいよ、一人で」

おれも行きたい。言えないが。和香でさえいいと言われるなら。おれは絶対無理。不動産屋。だいじょうぶだろうな。若いと思って、娘をだましたりしないだろうな。事故物件じゃないだろうな。お飾りオートロックじゃないだろうな。

実家を出て独立する。いいことではある。ただ。明らかに、池本悠に寄っている。彼が住む下北沢に近くなっている。確か、代々木上原、東北沢、下北沢。わずか二駅。たぶん、歩いても行ける。

だったら。泊まりには来ちゃうよな。楓も、行っちゃうよな。いや、結婚を考えているくらいだから、これまでもそうしているだろうが。

「楓」とおれは言う。

はっきり名前を呼ばれたら、楓もおれを見ないわけにはいかない。とはいえ、とりあえず名前を呼んでしまっただけ。何を言うか決めかねているうちに、楓が言う。

「何？」

「出なきゃ、いけないのか？」

「ウチをってこと？」

「ああ」

「まあ、そうだね。もう二十七だし。ほんとはもっと早くに出てもよかったぐらい」

「一緒じゃないよな？」

「え？」

「一緒に住む、んじゃないよな？」

楓はあっさり言う。

「ちがうよ。ワンルームだって言ってるじゃない。二人、住めないでしょ」

おれは束の間ほっとするが、それはまさに束の間。楓はすぐにこう続ける。

「悪いけど、反対しても、出るからね」


神保町には飲食店が多い。カレーが有名だが、それに限らない。ランチ激戦区と言っていい。まあ、二十三区のオフィス街はたいていどこもそうだが。

実際、ランチタイムはいたるところ人だらけになる。店によっては待たされたりもするので、週に何日かは社食を利用する。ウチの社食は悪くないのだ。値段は少し高いが、ちゃんとしている。店と遜色ないものが出てくる。

結婚して間もないころは、和香がつくってくれた弁当を持ってきていた。楓の弁当をつくるついでにおれの分もつくってくれていた時期もある。楓が高校生のころだ。和香は料理がうまいので、残りものでもうまかった。

おれは人事部長だから、社内に知り合いは多い。が、実際に仕事の付き合いがある人はそう多くもない。社食でランチをとっているときに誰かが話しかけてきたりはしない。おつかれっす、と気安く向かいの席に座ったりもしない。どちらかといえば近寄りがたい存在なのだ、人事部員は。下手なことはできない。不用意な発言もできない。皆、そう思ってしまうのだろう。

だから今日もおれはこうして一人、社食でざるそばを食べている。十二時半すぎ。ランチのピークタイムだ。

二十代のころはよく思っていた。おっさんは何かっちゃざるそばを食べるよな、と。昨日もざるそば冬もざるそばだよな、と。

で、おれは見事にそのざるそばおっさんになっている。何かっちゃざるそばを食べる。そういえば昨日もそば屋でざるそばを食べたのに、今日も社食でざるそばを食べている。二月の今でもそう。冷房が利いた喫茶店でホットコーヒーを飲むのと同じ。暖房が利いた社食でならざるそばを食べる。

五十五歳。もう天ざるにはしない。天ぷらは、コンディションを整えたうえで、天ぷら屋で食べる。もりそばでもいいが、それではさすがにちょっとさびしいので、ざるそば。

刻み海苔《のり》は載せたい。

　今日はいけるな、と思ったら、おにぎりの一つぐらいは追加する。海苔に海苔、になるわけだが、そこは気にならない。海苔はどれだけあってもいい。ただ、今日はおにぎりはなしだ。今日はいけるな、と思うことが最近は少ない。体がではなく、気持ちがいくらか弱っているのだ。楓と和香とのあれこれで。人事部長だからといって、対人関係に強いわけではない。

　景談社に入り、おれはまず販売部に配属された。二十代後半からは文芸第二部で、三十代半ばからは人事部。そのままずっとそこにいて、今は人事部長。ここまで長く人事部にいるとは思わなかった。

　人事部長、と言えば聞こえはいい。それだけである程度信用してもらえるだろう。だが出版社の社員のキャリアとしてはどうなのか。

　人事部長になりたくて出版社に入ってくる人はいないはずだ。事実、そんな学生は見たことがない。あなたは景談社でどんな仕事がしたいですか？　と訊かれ、人事の仕事がしたいです、と答える学生はいない。

　それはおれも同じだ。大学生のとき、入社面接では編集の仕事がしたいと言った。そして八年弱とはいえ、その希望が叶いはした。会社も一度は編集の仕事をさせてくれた。チャンスを与えてくれたのだ。八年弱ならチャンスとしては充分。決して短いとは言えない。

人事部長になった今だからわかる。社員には、やはり適性というものがある。そしてその適性が本人の希望と重ならないこともある。

社員それぞれの適性を見極めるのが人事の仕事。適材適所にすることで会社の業績は上がる。その見極めがうまくできるなら、その人は人事に向いていると言えるのかもしれない。

で、おれは人事に向いているのか。今でもわからない。ただ、編集には向いていなかったのだと思う。編集者には広い視野が必要だ。作家を支えるためには、広範囲の情報を拾える高感度なアンテナを立てておくことが必要。おれのアンテナは今一つだった。

昔、チョベリバという言葉があった。

基本、その手の略語は嫌いだし、評価もしない。だがチョベリバだけは別だ。それまでにはなかった新しいものが出てきたという感じが、チョベリバにはあった。

チョベリバ。実はかなり高レベルな略語だったと、おれは今も思っている。まさに今に通ずる略語の道をつくったのはチョベリバだとさえ思っている。

超ベリーバッド、という時点ですでに相当アホらしいが、ただでさえアホらしいそれを縮めにかかる姿勢が、まず、いい。チョとベとリとバ。略語として残す文字の選択も絶妙。

それでも、ほかの多くの略語同様、チョベリバも長くは生きられなかった。感覚の鈍い人たちが、バッドがあるならグッドもありでしょ、という具合にチョベリグなどと言いだしたからだ。

　チョベリバはありだが、チョベリグはなし。その感覚が、そんな人たちにはなかった。結果、チョベリバはチョベリグと一緒くたにされ、消えていった。その手の言葉はいずれ消えるものではあるが、だとしても残念な消え方だった。

　ネガティヴ側の言葉バッドだからよかったのに。超ベリーバッド。全然ダメ。それを一言で軽く言い流せるところがよかったのに。

　おれがそう言っても、たぶん、一笑に付す人が多いはずだ。そんな大したもんじゃないだろ、チョベリバもチョベリグも同じだろ、で片づける人ばかりだろう。おれ自身、チョベリバを好きなわけではない。すでにその手の言葉をつかう歳ではなかったのにチョベリバチョベリバ言っていたわけでもない。評価しているというだけ。

　だがそこは大事だ。その評価ができること。自身の好みとはまったく分けてものの価値を考えられること。それが編集者に必要な能力だとおれは思っている。もしかしたら、最低限必要な能力、かもしれない。

　おれもそこまではできた。その先へ行けなかった。チョベリバは拾えた。が、それだけではダメなのだ。チョベリグもうまく活かせなければいけない。それをすることで、波は大きなうねりになっていくのだ。いらない部分も、捨てるのでなく、うまく活かす。それこそがまさに、自身の好みとはまったく分けて考える、ということ。有能な人はそれができる。

おれは残念ながら有能ではなかった。それはできなかった。チョベリバを拾うだけ。チョベリグは捨ててしまった。それをうまく扱うことができなかった。

実際にチョベリバがどうこうではない。あくまでも一つの例。あとで編集者としての自分を振り返ったときに、そういうようなことだったのだろうな、と思った。

そこまでは広くものごとを見られないおれが人は見られるのか、という疑問はあるが、今の部署にまわしてくれた会社には感謝するべきだろう。こうして部長になれたわけだから。

と、そんなことを考えながらざるそばをすすっていると。誰かが向かいに座る。

「おつかれさまです。いいですか？　ここ」

「あぁ。どうぞ」

販売部の足立道哉だ。今、三年め。なのにもう結婚している。

たまにはこのパターンもある。人事部長を避けたと思われないためにあえて近寄るパターン、だ。トレーを手に空席を探し歩いているところをおれに見られた、と道哉は思ったのかもしれない。だからしかたなくここにしたのだ。というのは考えすぎか。もしかしたら、単に顔見知りだから声をかけてくれただけかもしれない。この道哉は、おれが四次面接をしたのだ。だからお互い知っている。

入社面接は五次までおこなわれる。採用者数は少ないが応募者数は多いから、どうしてもそうなるのだ。ここ数年はコロナがあったので、一次と二次がリモート。三次からが対面だった。その三次は各部署の部長クラスがおこなう。そこが一番大事。合否はそこで決まると言ってもいい。

その後、四次は人事部が、最終五次は鯉沼清邦《こいぬまきよくに》社長がおこなう。社長の一言で、この学生はダメ、となることもなくはない。そうなった例も過去にある。

人事部がおこなう四次は、意思確認のようなものだ。内定を出したら本当に来てくれるのか。入社したらまず何をしたいのか。そういうことを訊く。

おれがそこで落とすことはあまりない。そこでダメとなるような学生は四次まで残れない、というのが理由の一つ。そして。おれ自身がほかの人たちの判断を尊重することにしている、というのが理由のもう一つ。

で、おれが落とさなかった足立道哉。そのトレーにはカレーライスとラーメンが載っている。しかもラーメンはとんこつだ。若い。

「何、いつもここ？」

「そうですね。社食はやっぱり安いんで。といっても、ウチはちょっと高いですけど。大学の学食なんかとくらべると。その代わり、うまいですけどね」

「うん」

いただきますを言ってまずはとんこつラーメンを食べはじめた道哉に、おれはこう尋ねる。

「足立くんは、新婚だよね？」

「はい。一年経ってないです。というか、半年も経ってません。結婚したのは去年の九月だから、まだ五ヵ月です」

「そうか。新婚生活は、どう？」

「いやぁ。新婚感はゼロです」

「ん？」

「別居しちゃってます」

「え？　どうして？」

「妻が名古屋に異動になっちゃいまして」

「新婚なのに？」

「はい」

「そんなことあるのか。いや、まあ、あるか。ウチはよそに支社がないだけの話で、ほかの会社なら、あるよな」

「本社が名古屋なんで、別に悪い異動ではないんですけど」

「そうなんだね。悪い意味の別居でなくてよかったよ。でも、じゃあ、何、そんなには会えないんだ？」

「会えても月二回です。もっと会おうと思えば会えないこともないんですけど。お金がかかっちゃうんで」

「交通費か」

「はい。新幹線だと片道一万です。高速バスならもっと安いけど、時間はかかりますし」

「そうだよなぁ」

「でも月イチは必ず会うことにしてます。それは二人で決めてます。そこは無理してでも会おうと」

「おぉ。ちゃんとあるじゃない。新婚感」

「それは、新婚感なんですかね」

「だと思うよ。結婚十年めの夫婦なら、そうはならないかもしれない」そしておれはこうも尋ねる。「異動になっても、会社をやめたりすることは考えなかったの？　奥さん」

「はい、それは。ただ、実を言うと、僕はちょっと考えちゃったんですよ。やめてくれてもいいんじゃないかなって」

「考えちゃうよね、それは」

「ヤラしいですけど、ウチの会社のほうがいいんだからそっちがやめてくれても、とも考えちゃいました」

「まあ、現実的なこととして、考えてみるべきではあるよ」

「でもそこで、妻の仕事に対する気持ちを聞きました。初めてだったんですよ、突っこんだ話をするのは。それまでお互い、仕事のことはそんなに話さなかったんで。実際に腹を割って話してみて、僕が思ってた以上の熱意を持って妻が仕事と向き合ってることがわかりました」

「そうか」

とんこつラーメンを食べる手を止めて、道哉は言う。

「これ、人事部長にお話しすることではないですけど」

「何？」

「僕、それを聞いたとき、一瞬、自分が会社をやめようと思ったんですよ。妻がそこまでやりたいなら僕がサポートするのもありかなって」

「足立くんが名古屋に行くってこと？」

「はい。子どもが生まれたとして。その子が小さいうちは僕が家のことをやる、というイメージです。主夫、ですね」

「そう思ったのは、一瞬なの？」

「はい。すぐに妻が言ってくれたんですよ。仕事はしたいけどわたしはそういうことを望んでるわけじゃないって。僕は僕で編集の仕事がしたくて出版社に入ったんだからそれをやってほしいって」

「へぇ」

「何か、うれしかったですね。新婚早々そんなことになっちゃいましたけど、逆にそれで初めて夫婦になれたような気がしましたよ。一つ問題を解決できたみたいな。って、別に解決はしてないんですけど。でも、転んで立ち上がれたというか。だからこのままやっていこうと思ってます。子どもができても、このまま育てていきますよ。そういうわけなんで、すいません、会社、やめないです。編集者を目指します。って今のこれ、マイナス評価にならないですよね？」

「ならないよ。何でなるのよ」

「いや、一瞬とはいえ、やめようと思っちゃったんで。でも別に仕事を軽く見てたわけではないです」

そういうことならむしろプラス評価にしたいぐらいだ。引くときはちゃんと引けるということだから。人の立場を慮《おもんぱか》れるということだから。

おれは、慮れていただろうか。新婚のころ、妻としての和香の立場を慮れていただろうか。契約社員だから会社をやめればいい。そんな無神経な言い方を一度でもしなかっただろうか。楓が生まれてからも。楓の世話さえちゃんとしてくれればいい、というような態度をとらなかっただろうか。和香の能力が高いことを知っていたのに、それを活かさせようとしただろうか。和香も外に出て働きたくない？　と一度でも意思確認をしただろうか。和香が自分で言いださないのだからそれでいいと、思ってはいなかっただろうか。

とんこつラーメンを半分ほど食べたところで箸をスプーンに持ち替えてカレーライスに突入する道哉に、おれは言う。

「ただ、あれだね、食生活は、改善したほうがいいかもね」

「はい？」

「カレーにとんこつラーメンを合わせないほうがいい。せめて一つは軽めのものにしたほうがいい。健康を考えて」

「あぁ、そうですね。気をつけます。これを最後のカレーとんこつにします。っていう今のは、マイナス評価ですか？」

「社食でカレーライスととんこつラーメンを食べてたからマイナス評価ってこと？」

「はい」

「人事部がそれをやるようならその会社はダメでしょ。だったらまずは一品しか頼めない社食をつくるべきだよね。で、それはそれでやっぱりダメ。自由な空気が必要な出版社が、そんなことでいいと思う？」

「よくないです。確かにそうですよね。出版社の社食なら、デカ盛りメニューがあってもいいぐらいかもしれません。六十分で完食できたらタダみたいな」

「ランチタイムに社員がそれをやるの？」

「はい」

「まあ、社員がやるのはいいけど、社食で働く人たちが大変だから、その意味でやめておくべきかもしれないね」

「あぁ、そうですね」

「でも今の発想はいいと思うよ。プラス評価をつけとく」

「ほんとですか？」

「いや、冗談だよ。まず、こんな雑談でプラスとかマイナスとかつけないから。人事部員はほかの社員を監視してるわけじゃないよ」

「そう、ですよね。失礼しました」

「だからカレーとんこつも最後にしなくていいよ。毎日それにはしない、抑える意識は持っておく、というくらいでいい。好きなものを食べなよ、若いんだから」

「はい。じゃあ、そうさせてもらいます。月イチで妻と会って、週イチでカレーとんこつ。その感じでいきます」

「いや、週イチは多いかな」

「じゃあ、そっちも月イチで。と言いつつ、二週に一回ぐらいで」

足立道哉。ちょっとおもしろい。もしかしたら、チョベリバを拾えるだけでなく、チョベリグも扱える人材かもしれない。今はまだ無理でも、いずれはそうなれるかもしれない。


で、おれがひと足先に席を立つことで道哉と別れ。人事部に戻っていくつか仕事を片づけての、午後四時半すぎ。


今度は休憩所で紙カップのコーヒーを飲んでいたら。三橋梓乃がやってきた。

ライツ事業部の副部長だ。おれより十歳下。だから道哉とちがい、入社面接を担当したりはしていない。が、かつては同じ文芸第二部にいた。おれがいた八年弱、その終わりの二年ぐらいは一緒だった。おれが三十代半ばで、梓乃が二十代半ばのころだ。

当時は若かった梓乃もすでに四十五歳。その歳になると、顔見知りの人事部長を怖《おそ》れたりはしない。単なる先輩という感じで寄ってくる。

「佐原さん、おつかれです」

「おつかれ」

「休憩ですか？」

「うん。もうおっさんからじいさんの域に差しかかってるから、とれる休憩はとらないと。とれなくても無理にとらないと、疲れちゃっていけないよ」

「っていう歳ではないじゃないですか、まだ」

「いや、五十五は歳でしょ」

「まあ、四十五も歳ですけど。コーヒー、最近濃いのはつらくてアメリカンとかにしちゃうし。でも飲みたいことは飲みたいんですよね。仕事中はやっぱりお茶じゃなくてコーヒー。だから妥協してアメリカン」

梓乃は自販機でそのアメリカンコーヒーを買い、紙カップを手におれの隣に座る。そしてコーヒーを一口飲んで言う。

「でも薄きゃ薄いでおいしくないんですよ」

「歳をとると、あれダメこれダメになってくるよね」

「たばこを吸う人も、本数は減ってくるみたいですもんね」

「だろうなぁ」

「昔はこういうとこって、たばこの煙で常にもうもうとしてましたよね。休憩所イコール喫煙所だったころ」

「あぁ。そうだった」

「もう、曇ってましたもんね、部屋全体が」

「曇ってたね」

「佐原さんは、たばこ吸ってましたっけ」

「吸ってた。でも三橋さんと一緒だったころはもうやめてたかな」

「どのくらい吸ってました？」

「結構吸ってたよ。ほんとに吸ってたころは、一日二箱」

「そんなに」

「うん」

「いつやめたんですか？」

「結婚したとき。じゃなくて。娘が生まれたときか。いや、そうでもなくて。娘ができたときだ」

「いいですね」と梓乃が笑う。「生まれたときじゃなくて、できたとき」

「生まれてからじゃ遅いと思ってさ」

「奥さんに言われたんですか？」

「いや、自分でやめたよ。そうしてなかったら、やめてと言われてたとは思うけど」

「やめられました？」

「やめられた。娘に煙を感じさせるのはいやだなと思ったら、すんなり」

「すごい。まだ生まれてないわけですよね？」

「うん。娘か息子かわかってもいなかったよ。でも妻のお腹にはもういるわけだからさ。煙、妻経由で届いちゃうかなって」

「妻経由！」

「それもひどいよね。子はダメで妻はいいのかって話になる」

「わたしは、結婚するときにやめましたよ」

「え？　三橋さん、吸ってたっけ」

「大っぴらには吸ってなかったんですけど。たまに隠れて吸ってました」

「隠れて。ダンナさん、というかカレシの前では？」

「吸わなかったです。でも気づかれてはいましたね」

「それでやめたんだ？」

「それでもないです。ダンナは吸ってもいいと言ってましたし。自分は吸わないんですけど」

「そうなの？　それはすごいね」

「ですよね。すごいとわたしも思います。自分が吸わない男の人なら言いそうですもんね、やめてほしいって」

「うん」

「いい人なんですよ、結局」

「おぉ。今さらのろけるねぇ。結婚して何年よ」

というそれは冗談のつもりだったのだが。梓乃は予想外のことを言う。

「人事部長には隠しきれないから自白しますけど。わたし、離婚しました」

「え？」

「まさに昨日、役所に届を出したばかりですよ。会社にも報告します」

三橋梓乃。旧姓を使用していたからずっと三橋だったが、実際には江沢だった。それが三橋に戻ったのだ。

「訊いていいかわからないけど」訊いてしまう。「何で？」

「ダンナが、じゃなくてもう元ダンナですけど、植木職人になりたいと言いだしちゃって」

「いや、何それ」

「って思いますよね？　でもこれ、事実なんですよ。本当にそう言いだしました。前からずっと考えてたみたいで。今日、そのために沖縄に向かいましたよ。飛行機で二時間半だから、もう着いてるのかな」

「沖縄」

「はい。大学時代の先輩がそっちで造園会社をやってて。そこに弟子入りします。もうずっと向こうに住むんじゃないですかね。息子と娘も四月からはそっちですよ」

「そうなの？」

「はい。もちろん、親権はわたしが持ってますけどね。二人とも、一度沖縄に住んでみたいなんて言いだしちゃって。息子は高校の三年間、娘は中学の三年間、向こうにいることになりました」

「あぁ。確かに、その歳だと、沖縄は魅力か」

「そうですね。ずっとじゃなく、戻ってこられるとあればなおさら」

「うん」

「まさかの展開でしたよ、わたしにしてみれば」

「それは、ちょっとつらいね」

「でも円満ですよ」

「ん？」

「円満離婚です。別れる前、その植木職人の話を持ちだされたときにもめただけ。離婚を決めてからはもとの感じに戻りました。結果、よかったと思ってますよ。子どもたちも沖縄を楽しみにしてるみたいだし。息子の受験だけがちょっと心配ですけど」

「そうか。受験からのスタートなんだね」

「はい。だからその受験のときにバタバタしないよう、元ダンナが家を整えることになってます」

「家。借りるの？」

「借りることは借りるんですけど。タダで借りられることになってます。その造園会社をやってる先輩が空家を持ってるらしくて。ただ、ここ何年かは誰も住んでなかったみたいだから、元ダンナがあれこれ整える感じです。直すのにいくらかかかるなら、それはわたしたちで負担するつもりですよ」

離婚する。親権は妻が持つが、二人の子どもたちは当面夫と住む。遥《はる》か遠くの沖縄で。妻のほうが子どもたちと会えなくなる。すごい話だ。何とも言えない。何かを言う代わりに、紙カップのコーヒーをゴクリと飲む。

「負け惜しみではなくて、本当に円満離婚ですよ」と梓乃は言う。「息子の受験の何日か前からはわたしも有休をとって世話をしに行きますし。そのときは娘もこっちの小学校を休ませて連れていきます。別居生活が始まってからも、夏休みなんかには遊びに行きますしね。宿代がかからなくていいやくらいに思ってますよ、今は」

「離婚しないでその形、は考えなかったの？」

「少しは考えましたけど。やっぱりすることにしました。しても子どもたちによくない影響は出なそうだし、わたしの基盤はこっちにあるので。会社も仕事も好きなんですよ。歳をとったら田舎暮らしを、みたいな発想はないんですよね。結局わたしは街が好きなんで。沖縄も、遊びに行くのはいいですけど、例えば今仕事をやめて住んだら、すぐに神保町が恋しくなると思います。って、別に何があるわけじゃないんですけどね。おいしいカレー屋さんといいカフェと、あとは古書店ぐらいか」

「結構あるじゃない」

「ですね。今自分で言ってみて、思いました」

「うーん。そうかぁ。三橋さん自身は動かないけど、四月からは新生活が始まるわけだ」

「はい。あ、でもわたしもちょっとは動きますけどね」

「ん？」

「というか、もう動いてます。三人より先に動きだすことにしました」

「どういうこと？」

「わたし、四十五歳にしてバンドを始めましたよ」

「バンド？」

「はい。音楽のバンド。奥井さんのダンナと一緒にやってます」

「え？　何それ」

奥井さん。奥井美奈。おれと梓乃がかつていた文芸第二部に今いる編集者だ。

「ミキトくんていうそのダンナがドラムで、わたしがベースです」

幹人くん、だそうだ。船戸幹人。美奈も旧姓使用をしているから会社では奥井だが、実際には船戸なのだ。

「ギターは幹人くんの先輩で、ヴォーカルは先輩の友だち。わたしは奥井さんの紹介で入りました」

「紹介で」

「はい。社食で、久しぶりにベースでもやろうと思って、という話をしたら。今、ウチのダンナのバンド、ベースがいないですよ、と奥井さんが。前任者が去年の十月に宇都宮に異動になったとかで、やめちゃったらしいんですよ。で、次を探してたんですけど、なかなかちょうどいい人がいなかったみたいで。じゃあ、三橋さんどうですか？　と」

「それも奥井さんが？」

「はい」

「その幹人くんがじゃなく？」

「はい。もちろん、幹人くんにはそのあと話してくれましたけどね」

「そのあと、なんだ？」

「はい。別に誰でもいいんだけどなぁ、と幹人くんが言ってたらしくて。わたしにその気があるならと奥井さんは思ったみたいで」

「三橋さんも、やるって言ったの？」

「言いました。ぜひやらせてって言っちゃいましたよ。そのときは幹人くんのことは何も知らなかったわけですけど。でもそういうつながりならわたしも安心ですし。この上なくいい話だと思って、飛びついちゃいました。幹人くんたちがよく受け入れてくれましたよ。誰でもいいと言ってたにしても、まさか四十五歳のおばさんを想定してはいなかったでしょうから」

「それで、どうしたの？」

「一度音を合わせましょうと言ってくれたんで、わたしは急いでお茶の水の楽器街にベースを買いに行きました。大人だからいいやと思って、十五万とかのを買っちゃいましたよ。フェンダーのプレシジョンベース」

「えーと、ピンク・フロイドのロジャー・ウォーターズもつかってたやつかな」

「それはよくわかりませんけど。とにかく買って、練習しまくりました。合わせるまで一ヵ月くださいと幹人くんたちにはお願いして。久しぶりに指の皮がむけるまで弾きましたよ。左手は親指以外の四本全部、右手は人差し指と中指の二本。計六本むけました。初めの一週間でむけて、残りの三週間で治しつつ、だましだまし練習。そんな感じでした」

「三橋さん、ベースなんてできるんだ？」

「高校生のときにやってたんですよ。久しぶりだからどうかと思ったけど、感覚は、意外と戻りました。もうだいぶ指も動くようになりましたよ。若いころの経験て、やっぱり強いですね」

「で、音を合わせて、一緒にやることになったんだ？」

「はい。正直、三人はもの足りなく感じたと思うんですけど、入れてくれました。今はそこそこやれてます。バンドを支えるリズム隊のベースとドラム。わたしと幹人くん。結構いいコンビですよ。幹人くんはわたしより十八歳下ですけど」

「そうか。奥井さんよりいくつも下なんだもんね」

「はい。十八歳下って、もう、息子ですよ。沖縄に行く息子の代わりにしちゃおうかと思ってます」

「バンドで、どういう音楽をやるの?」

「まあ、ロックですね。今はコピーです。わたしとは世代がちがって三人とも若いんで、リンキン・パークとか、フランツ・フェルディナンドとか」

「知らないわ」

「わたしも知りませんでした。でも聞いてみたら、これがかなりいいんですよ。歳をとってからの聞かず嫌いはダメだなと思いました。そのうちオリジナルをやろうなんて話にもなってますよ。アズ姉さんも曲つくって、と言われてます」

「アズ姉さん」

「はい。それまではなかったらしいんですけど、バンド名もこないだ決まりました。カカロリー」

「カカロリー。何語?」

「日本語ですよ。カロリーは英語ですけど、最初のカは日本語です。過剰の過。カロリーとり過ぎの意味の、過カロリー。表記は全部カタカナ」

「あぁ。カカロリー」

「わたしの案が採用されました。おぉ、さすが出版社の人はちがう、なんてほめられましたよ。でもこれ、もとは奥井さんが言ったことです」

「そうなの?」

「はい。これも社食で、デザートにマンゴープリン食べたいけど食べたら過カロリーになっちゃう、と。そのときに、カカロリーっていう音の響きはいいなと思って。それが頭に残ってました。で、奥井さんのダンナもいるんだからってことでバンド名に」

「そのダンナは何て？」

「笑ってましたよ。そこでウチの嫁登場？　って」

「いいね。楽しそうだ」

「楽しいです。実際」

「子どもたちも、驚いたんじゃない？」

「驚いてましたね。息子が受験なのにバンドを始める母親っていうのもどうなんだ、とわたし自身思いました。でも奥井さんがくれたせっかくの機会を逃したくなかったんで、悪いけどやらせてもらうねって息子に言ったら、何で悪いの？　って言われましたよ。ほっとしました。二人とも応援してくれてますよ。娘も、お母さんがライヴやるなら沖縄から観に来る、なんて言ってます」

「それはうれしいね」

「飛行機代が高いからそんな理由では帰ってこないで、とわたしは言ってますけど」

「ひどいな」と言いつつ笑う。

「もう、何でしょうね、何ていうか、すべてを楽しむことにしましたよ」梓乃はコーヒーを一口飲んで言う。「そうするしかないですもんね。歳をとったからこそ、楽しめることは楽しんでいかないと」

同じ会社の社員。足立道哉と三橋梓乃。東京と名古屋とに分かれてやっていく夫婦。東京と沖縄とに分かれてやっていく元夫婦。

形はいろいろある。


三月。約束の午後二時一分前に会議室に入っていくと、そこには小倉琴恵がいる。十人程度で会議ができる部屋だ。

さすがに緊張する。小倉琴恵は名の知れた作家なのだ。そして、かつておれが入社面接で落とした相手でもある。

「遅くなって申し訳ない」とおれが言い、

「まだ時間前ですよ」と奥井美奈が言って、
奥のイスに座っていた小倉琴恵が立ち上がる。

「こんにちは」と自分から言う。

「どうも。お久しぶりです。というか、わたしのこと覚えてます?」

「もちろんです」

「ならよかった」

もちろん、ということはない。普通なら覚えてはいない。面接で通した結果入社してくれた学生ならともかく、落とした学生全員を覚えているはずがないのだ。だが小倉琴恵のことは覚えていた。後に作家デビューを果たしたから思いだした、のではない。初めから忘れていなかった。何せ、インパクトがあったので。

今四十一歳のはずだが、それよりは若く見える。初めて会ったとして。三十代半ばだと言われたら、信じてしまうかもしれない。

「ではまず」と名刺を差しだす。

受けとったそれを見て、小倉琴恵が言う。

「おぉ、すごい。部長さんだ。佐原滝郎さん。タキロウさん、で合ってますよね？　タキオさん、じゃないですよね？」

「タキロウです。裏にアルファベットでも書いてありますよ」

小倉琴恵は名刺の裏を見る。

「あ、ほんとだ。郎と書いてオと読ませる名前の人、結構いるじゃないですか。マサオさんでもカズオさんでも。朗らかの朗の人だけじゃなく、この郎の人でも実はたくさんいるんですよね。登場人物の名前を付けるときはいつも考えますよ。さすがに三郎をミツオと読む人はいないでしょうけど、一郎をカズオと読む人は、もしかしたらいるかもしれないから」

「いま、すか？」

「知り合いにそういう人がいれば、読んじゃうかも。例えば五郎をイツオと読ませる人がいるとか」

「あぁ」

「まあ、本では人名にルビをふってもらうんですけどね。でも初出でそうするだけだから、読者のかたがたは見過ごしちゃったりもするんですよ。で、そうなると、あとは自分が読みやすいように読んじゃう。イチロウのつもりで書いてたのにカズオと読まれてたら、ちょっとあせりますよね。そこまでちがうと、さすがに人の印象自体もちがってきちゃうし。だからわたし、なるべくそうとしか読めない名前を付けるようにしてます。例えば親孝行の孝に政治の治だとコウジかタカハルかわからないからそれはなし。コウジにしたいなら、航空機の航に児童の児か漢数字の二にします。それならコウジとしか読めないから。最悪ルビなしでもだいじょうぶ」

「なるほど」

「って、いきなり何の話だよ、ですよね。失礼しました」

「あ、いえ」

「でもよかったです、佐原さんが取材を受けてくださって」

「奥井さんから話を聞いたときは驚きました。取材なんて受けたことがないから」

「景談社の人事部長さんなら、何かしらあるんじゃないですか？」

「まあ、たまには。でも作家さんにあれこれ訊かれるというのは初めてです。だから喜んでお受けしました。自分の会社から出る小説の役に立てるならこんなにうれしいことはないですから。で、えーと、人事部長としてというよりは夫として、なんですよね？」

「会社では人事部長をしている夫として、ですかね。だからもう佐原さんそのものです。ちゃんと別人格にはします。わたし、モデルを立てるとか、そういう書き方はしないので」

「そうですか。わかりました」

「と言いながら、名前をサワラタキオにしちゃったりして。漢字はまったく同じで」

「いや、それは」

「冗談です。八十パーは」

「いや、百パーにしましょうよ」と美奈が笑う。「じゃあ、部長はそちらのイスでいいですか？　小倉さんとはななめになる感じで。一応、距離はとって」

　美奈が示したイスに座る。小倉琴恵とは二メートルぐらい離れている。二人で話すのにその距離。マスクも着用。コロナが始まって三年。こういうのにすっかり慣れてしまった。

　すでに小倉琴恵の前に置かれているペットボトルの緑茶。同じものを美奈がおれにも差しだしてくれる。

「これを」

「ありがとう」と受けとる。

「奥ちんも一応メモとってね」

「はい」

「佐原さん、知ってます？　奥ちんね、すごいんですよ。聞きとり能力というか聞き書き能力が、凄まじく高いの。前の『根間姉妹』って小説でほかの人の取材をしたときにわかりました。わたしも話を聞きながらメモをとってたんですけど、あとで奥ちんに渡されたのを見たらもう完璧。自分のメモが幼稚園児のそれに見えましたよ。わたしがした質問を手短にまとめて。相手の答も手短にまとめて。でも洩れは少しもなくて。で、ほんとにすごいと思ったのはこれ。メモ書きはメモ書きなんですけど、ちゃんと敬語になってるんですよ。相手への敬語にもなってるし、わたしへの敬語にもなってるの。そのうえ、字もきれい。あとからの二条線の修正もほとんどなし。それって、難しいですよね。聞きながら書くと、相手が情報を足すかもしれないんで、ちょっと待たなきゃいけないですよね。聞いたことをそのままズラズラ書いていくと文章はムチャクチャになるし。だから、その話題が終わったときに一瞬でまとめるんですよ。うわ、すごっ！　と思いました。頭がいいってこういうことなんだな、と。ほんと、十人の話を同時に聞ける聖徳太子かと思いましたよ。今度、それこそ奥ちんをモデルにした小説を書こうかと思ってます。タイトルは、聖徳太子と書いて、ショウトクタイコ、かな。女子なんで。どうですか？」

「えーと、いいんじゃないでしょうか」

「景談社から出してもらえます？」

「うーん。それは、編集部と相談していただいて」

「ダメか」と小倉琴恵が笑う。「でもとにかく奥ちんのスキルはムチャクチャ高いんで、人事評価も相応に上げてください」

「検討します」

「じゃ、前置はこのくらいで」

「前置だったんですか」と美奈も笑う。

実はこの美奈も、小倉琴恵同様、おれが入社面接をした。二次だ。当然コロナ前なので、リモートではない。対面。これは内定が出るかもな、と思い、本当に内定が出たので、よく覚えている。実際、美奈は優秀だった。筆記試験の成績もよかったはずだ。

ウチは一人親家庭でしたが、誕生日プレゼントに本を買ってくれたり図書館に連れていってくれたりと、母はわたしがまだ小さいころから読書に親しませてくれました。そのおかげか、高校に入学したころにはもう、将来は出版社に入りたいと思うようになっていました。大学ではそれを見据えて勉強しました。だから今ここにいます。いさせていただいてます。

確かそんなことを言った。

そのおかげか、という言葉をそこでつかえるのはいいな、と思った。そのせいか、と無意識に言ってしまう人もいるだろう。それはダメなのだ。せい、は悪い結果につながったときにつかう言葉だから。

そのためか、ならいいが、そうでもなく。そのおかげか。とてもいい。それだけで、出版社に入ることを奥井美奈自身がまさにいいことと認識しているのが伝わってくる。入りたいその気持ちまでもが伝わってくる。言葉を大切にしている感じもする。

おれは奥井美奈をすんなり三次へと通した。そしてあとで内定が出たことを知った。やっぱりな、と思った。各面接官も皆同じように感じたんだろうな、と。

会社では奥井で実際には船戸だが、美奈は一時期浜崎だったこともある。釣りバカのハマちゃんと同じ、濁らないほうのハマサキ。離婚して、再婚したのだ。今は、浜崎某とのあいだにできた子を、ドラマー幹人くんと二人で育てている。

仕事では、編集者として小倉琴恵を担当している。そういえば、テレビドラマ『所轄の星』の原作『所轄星』を書いた興津究作さんの担当も美奈だ。興津さんは京都在住。かなり難しい人らしい。だが美奈はうまくやっている。と、三橋梓乃からそう聞いた。

そして取材が始まった。

予告どおり、会社では人事部長をしている夫、としての話を訊かれた。まあ、大半は夫としての話だ。五十五歳。妻と結婚して三十年になる夫としてのこと。

話したくないことは話してくれなくていいですから、と小倉琴恵には言われたものの。結構話した。歳下のわたしに敬語をつかわなくていいですから、とも言われたが。相手は作家。さすがにそうもいかないので、そこは敬語で通した。

「わたしは結婚自体をしてないからわからないんですけど。結婚三十年て、どんな感じですか？」

「うーん」

「って、ざっくり過ぎましたね。もうちょっと具体的に。その三十年で、一度でも離婚しようと思ったことが、あります？」

「それはないですかね。うん。私が思ったことはないです。向こうはどうかわからないけど」

「向こうがどうかは、わからないもんですか？　三十年一緒にいても」

「そう、ですね。それはわからないかな。結婚はしましたけど、自分がどう思われてるかはわからないです。でもそれは妻に限らず、相手が誰でもそうですよね。まあ、実際に離婚を切りだされたことはないから、したいとは思ってないのだろうと、推測するしかないです」

「じゃあ、今度はこれ。浮気をしたことはありますか？」

「おぉ。ズバッと来ますね」

「本当に、答えたくなければ答えなくていいです。奥ちんにも聞かれちゃいますし。きれいな字でメモにも書かれちゃいますし。何ならうそをついてもいいですよ。そこはわたしが推測しますから」

「いや、答えますよ。一応、うそじゃないとも言っておきます。浮気をしたことはないです。これは本当。そう言うと余計うそ臭く聞こえるかもしれませんけど、本当です。だからそれで妻ともめたりしたこともないし、疑われたこともないです」

「奥さんが疑うようなときは、たぶんクロですからね」

「あぁ。そうかも」

「これはもう、ほんと、わからないんですよね。実際に不倫をしたわたしでもわからないです。男は一度ぐらい浮気するって、よく言うじゃないですか。最近は言わないけど、昔は、浮気は男の甲斐性だ、なんてアホなことを言う男が結構いたし。でも本当のところはどうなんだろう、といつも思うんですよ。そういうアンケートなんかもありますけど、いろいろな意味で信用できないですもんね。ああいうのは結局、浮気をしてる人はこんなにたくさんいるんですよ、と言いたいわけだから、数字は盛るでしょうし。してないのもカッコ悪いからしてると答えちゃう人もいるでしょうし。十人が十人浮気するわけはないんですよ。半分の五人でも多い気がします。でも二、三人ならいそうだし。本当の数字って、何人なんでしょうね」

「どう、なんでしょう」

「奥さんが浮気したことも、ないですか？」

「ない。と、思いますけどね。いや、思いたいですね。少なくとも、発覚したとか私が疑ったとか、そういうことはないです。だから、まあ、してない、かと」

「してたら、気づく自信はありますか？」

「気づく、んじゃないですかね」

「たぶん、いや、まちがいなく、そういうことは女のほうがうまくやりますよ」

「うーん」

「もしやってたら、それ一度で別れますか？」

「難しいですね。別れ、るのかな。どうだろう」

「じゃあ、例えば十年前にしてたことが今わかったとします。それならどうですか？」

「それだと、またちょっと変わってきますね」

「どんなふうに知るかでも、変わってきますよね。奥さんが自分から言ったのか、何かのきっかけで佐原さんが気づいたのか」

「そうですね」

「その感じならどうですか？」

「別れ、ない、のかな」

「って、わたしが誘導しちゃいましたね」

「いや、でもそうだと思いますよ」

「浮気を毛嫌いする女も多いですけど。実際、しますからね、女も。浮気男の相手になるのも女だし」

「相手になるならともかく。結婚してる女性が自分から浮気っていうのは、少ないような気がしますけどね」

「男よりは少ないでしょうね」そして小倉琴恵は言う。「奥ちんもないって言ってたもんね」

「はい。ないです。子連れで歳下と再婚して浮気とか、しませんよ」

「する人はするでしょ。する人は、そんなのポーンと飛び越えるよ。極端なことを言えば、するようにできてんだから」

「そうかもしれませんけど。わたしはしてないです。メモにもそう書いておきますよ」と美奈が笑い、

「了解」と小倉琴恵も笑う。

作家と編集者。そのいい関係が窺える。遠すぎず、近すぎない。その距離を保つのは難しいのだ。同性だからこそ難しい場合もある。

おれはペットボトルのキャップを開けて、緑茶を一口飲む。そして言う。

「サラッと言われて聞き逃すとこでしたけど。小倉さん、不倫を、なさってたんですか？」

小倉琴恵はそこでもサラッと答える。

「してましたよ。結構前ですけど」

「相手が既婚者とは知らなかった、とかではなく？」

「なく。バリバリ知ってました。始まったときは知らなかったんですけど、すぐに知りましたよ。でも別れませんでした」

「最終的には、別れたんですか？」

「そうですね。わたしが相手に奥さんとの離婚を迫ったとかそういう昼ドラ的なこともな

く。単にうまくいかなくなって別れました」

「相手の奥さんにはバレませんでした？」

「バリバリバレてます。バレて、会ってます」

「え？」

「二人でお酒飲みましたよ。案外気が合っちゃって。今もメールのアドレスを知ってます。さすがに連絡をとり合ったりはしませんけど。ダンナのアドレスは消したのに、そっちは残ってます。また飲みに行ってもいいかな、くらい思ってますよ」

「そうなんですか」

「はい。って、何か、逆取材になっちゃってますね」

「あ、すいません」

「いえ。時間がおありならいくらでもお話ししますよ」

「まあ、それはまたいずれ。続けてください、取材を」

「はい。では、えーと。今も奥さんとケンカとかします？」

「もうしないですかね」と答えたあとに、ぽろっと言ってしまう。「あ、でも、今してるか。いえ、ケンカをしてるわけじゃないんですけど。ちょっとおかしなことにはなっちゃってます。娘のことで」

「娘さんのこと」

「はい。娘の結婚のこと、で」

そしておれはそのことを小倉琴恵に話す。質問に答えるというよりは、こちらが相談するような感じで。

去年の十月に一人娘の楓がカレシを家に連れてきたこと。その池本悠が、すごい人、であったこと。お笑い芸人志望であり役者志望でもあり、そのうえユーチューバーでもあったこと。どんな相手が来ても受け入れるつもりでいたが、さすがにこれは無理だと思ったこと。あれはダメだろ、と楓に言い、怒らせてしまったこと。意外にも、和香はダメだと思わなかったこと。お笑いと役者をやるためにユーチューバーとして生活費を稼ぐ池本悠をむしろ頼もしいと思ったこと。そんな彼を拒絶するおれの態度に不快感を覚えたこと。以来、楓とも和香ともうまくいっていないこと。一人暮らしをすると言い、楓は家を出ていってしまったこと。

小倉琴恵に話したことで、美奈にも聞かれてしまったが。まあ、いい。

「あれはダメって言っちゃったんですか」と小倉琴恵が言い、

「はい」とおれが言う。

「それはダメですね。昭和のおっさんになっちゃってますよ」

「なっちゃってます？」

「なっちゃってます。昭和のおっさんは、いや、それは娘を想ってのことだからいずれ娘も理解するだろう、なんて都合のいいことを思っちゃうんですけど。娘、理解しませんよ。するとしても、今のわたしぐらいになってから、四十を過ぎてから、ですよ。そうなる前に下手したら令和が終わっちゃいますよ。その悠くんがいいのか悪いのか、それはわたしにはわからないです。でもこれはわかりますよ。楓ちゃんは今、佐原さんをこう見てます。娘のことを想う自分に酔っちゃってる昭和のおっさん」

「うわぁ」

それはきつい。マズい。激しくマズい。チョベリバ。

「どうすればいいですか？」とまさに相談する。

「あれはダメと言ったことを、まずは謝ればいいんじゃないですかね」

「でも、そこは謝るけど結婚は許さないというのも」

「それは別件だからだいじょうぶですよ。というか。許さないんですか？」

「いや、まあ、許さないわけでは、ないですけど」

「許されなくても結婚に突っ走るような娘さんですか？　楓ちゃんは」

「うーん。しないと思いますけど」

「もうしてたりして」

「え？」

「実は婚姻届を役所に出しちゃってたりして」

「いや、それはさすがに」

「ないですか？」

「たぶん」

「まあ、あっても止められないですけどね。大人が自分の意思ですることなんで。親であっても止める権利はないですし。人事部長に社員の結婚を止める権利がないのと同じですよ」

「それは、同じですか？」

「はい。もう単純な話です。楓ちゃんが結婚するのは楓ちゃん自身の権利です。楓ちゃんだけが持つ権利です。親は何の権利も持ちません。その意味では、佐原さんもわたしも同じですよ。結婚は許さない、と佐原さんが言うのもわたしが言うのも同じです。楓ちゃんが聞く必要はありません」小倉琴恵は口調を変えて言う。「なぁんてことを言っちゃうから、わたし、面接で落とされちゃうんですね」

「え？」

「ここの面接で」

「あぁ」

　美奈にしたのは二次面接だったが、この小倉琴恵にしたのは一次面接。そこでもう落としてしまった。人事部に来た最初の年だったから、これもよく覚えている。

　当時は三十代半ば。おれ自身、とても緊張していた。大学四年生の小倉琴恵は今と大して変わらない感じだった。一言で言えば、というか一文字で言えば、素。入社面接を受けに来た学生、の感じはあまりなかった。

　わたしは編集者になって、自分の目で作家を見たいです。作家にどんなからくりがあるのか、それを知りたいです。

そんなことを言った。

正直、ちょっと強すぎるかな、と思った。例えば実際に編集者になったとして。作家さんとぶつかってしまいそうな気がした。一次面接で、面接官にマイナス印象を与えてしまったらもう終わりだ。こちらも、そこで人の深掘りはしない。人とスムーズな対応ができるか。ほぼそれだけを見ている。当時は特にそうだった。

×かな。

面接官としては新人なので、そんな思いが、もしかしたら顔に出てしまったのかもしれない。

最後に小倉琴恵は言った。

もし落とされても、わたしは作家として御社に来ます。

えっ？　と思った。すごいな、と素直に感心した。

このときは捨てゼリフだとも思ったのだが。本当にそうなってしまった。小倉琴恵は本当に作家になり、当社に来てしまった。景談社から本を出してしまった。

で、作家になった小倉琴恵を今ウチで担当しているのが奥井美奈。一次と二次のちがいこそあれ、おれが面接をした二人。その二人と今こうして同じ部屋にいる。不思議な感じがする。

「懐かしいですね」と小倉琴恵が言い、

「よく私のことを覚えてましたね」とおれが言う。

「佐原さんという名字で覚えてました。わたし、西船橋の出身なんですけど、千葉に佐原ってあるんですよ。さっきも出ましたけど、同じ漢字で読みはサワラ。昔は佐原市で、今はよそと合併して香取市。だから初めはサワラさんだと思ってたんですけど。途中からサハラさんだと知って」

「それで覚えてたんですか？」

「はい。あ、砂漠のサハラさんなのか、とも思って。ちなみに、登場人物の名前にはまだつかってないです。どちらとも読めちゃうんで。実際、どうですか？　すんなり読まれます？」

「読まれますね。でも確かに、たまにサワラと読まれることもあります。だからその千葉の佐原のことも知ってますよ、そういう町があるんだって」

「わたしが大学四年だったから、あのころは佐原さんも三十代ですよね？」

「そうですね。まだ人事部に来たばかりでした。だから小倉さんのことはよく覚えてますよ」

「ほんとですか？」

「はい。何というか、大胆なことをおっしゃってましたから」

「何ですか？」

「もし落とされても、わたしは作家として御社に来ます、と」

「えっ？　わたしそんなこと言いました？」

「覚えてませんか？」

「まだ落としてないです。ムチャクチャじゃないですか。そりゃ落としますよね」

じゃあ、落としてないのにそう言ってくださったので、私も正直、落としやすかったです。

「わたしはてっきり受かると思ってましたけどね」

「思ってたんですか？」

「はい。手応えばっちり、と感じてました」

「じゃあ、落とされて、あの砂漠の野郎め、とも思いました？」

「いえ。一方では、わたしの大学じゃ景談社は無理だとも思ってたんで。わたしを落とした佐原さんの判断は正しかったですよ。だって、あのときのわたしは、ここを踏み台にして作家へ、ということしか考えてなかったですもん。逆に、本ができる過程とかは知らなくてよかったんだと思います。そういうのを知っちゃうと、考えなくていいことまであれこれ考えちゃうだろうから。それにもし編集者になってたら、そこで満足して書くのをやめちゃってたかもしれないし」

「そうはなってないんじゃないですかね」

「え？」

「書く人は、書きますよ。どんな状況でも書きますよ。さっきの話じゃないですけど。浮気する人が浮気するようにできてるみたいに、書く人も書くようにできてますから」

「おぉ」と小倉琴恵は笑う。

「私が編集者をやったのは八年弱ですけど。それでもそのくらいのことはわかりますよ。書く人は、書きます。奥井さんも、そう思わない？」

「思います。本を出せるから書くっていう人もいますし、本を出せなくても書くっていう人もいるんですけど。結局は書くんですよね。本を出せるから書くっていう人も、出せないなら、出せるようになるために書こうとはするでしょうし」

「うん。私もそうだと思います」

予定の一時間を超え、二時間近く話して、取材は終わった。

結局、人事部長として心がけていることは何ですか？　とか、面接で変わった学生はいましたか？　とかそういうことは訊かれなかった。それは想像できるのだろう。作家なのだから。

話すとは思っていなかったかなり個人的なことまで話してしまったが、おれ自身、何かすっきりした。

楓のこともそうだが。夫婦の話をしたことで、あらためて和香のことを考えた。

三十年連れ添ってきた和香。ほぼすべておれがやりたいようにやらせてくれた和香。おれの浮気を一度も疑うことはなかったし、自身一度も浮気はしなかったであろう和香。

何でも自分のやりたいようにしてきたつもりだが、おれも、着る服は和香に選んでもらっていた。和香がどこかで買ってきたものをただ着るというのでなく。必要に迫られて服を買うことになったら、わざわざ和香に選んでもらっていた。

これは結婚直後からそう。おれが自分で選んだものより和香に選んでもらったもののほうが、周りからの評判が圧倒的にいいのだ。スーツにしても、ネクタイにしても。私服のコートにしても、ポロシャツにしても。

人事部ですらある程度くだけた服装が許されるようになった近年でもそう。すべてにおいて、和香に選んでもらったものは評判がいい。さすがにピンクのボタンダウンシャツはどうかと思ったが、それさえ、いいのだ。

これに関して、和香はこう言った。

ピンクのシャツはね、おじさんだからこそ似合うのよ。ピンクのシャツが似合うようになったらもう立派なおじさん。でもね、悪い意味じゃないわよ。わたし、お父さんには、ピンクのシャツが似合うおじさんになってほしいと昔から思ってたもの。

服だから別にいい、とおれは思っていた。和香にまかせておけばそれでいい、と。

だがそういうことではないのかもしれない。なかったのかもしれない。おれ自身が気づかなかっただけで、ほかにも多くのものを和香に選んでもらっていたのかもしれない。だから楓は、いい娘に育ってくれたのかもしれない。

となると、こう思う。

家のなかのことならともかく。会社にまでは和香の力も及ばない。人事部員としておれが選んできた多くの景談社の社員たち。だいじょうぶなのか？

　小倉琴恵自身が言ってくれたように。小倉琴恵を面接で落としたおれの判断はまちがっていなかったとして。楓が選び、和香も認めた池本悠を認めないというおれの判断も、まちがってはいないのか？

　自信に満ちているという意味で、当時の小倉琴恵と今の池本悠は似ている。書く人は、書く。それは書くことに限らない。何でもそう。やる人は、やる。挑む人は、挑む。小倉琴恵はそうで、池本悠はちがうのか？

　それとも。結果を出した人しかおれは認めないということなのか。


　面接は主に辻村《つじむら》達宗《たつむね》くんがする。三十三歳。人事部の主任だ。

　おれは辻村くんの隣に座り、学生たちの話を聞く。少し突っこんで聞きたいことがあれば、たまに質問する。

　意地悪なことを訊いたりはしない。それまで黙っていた年嵩《としかさ》の面接官がいきなり口を開くのだから何か意味があると学生たちは思うかもしれないが、そんなことはない。単なる興味から訊くだけということが多い。いわゆる圧迫面接のようなこともしない。そんなものにはまさに意味がないのだ。誰だって、いきなりおかしなことを訊かれたらあせる。どうにか取り繕ってごまかせたとして。面接の場でもそうできたとして。それが何だと言うのだろう。

四月末。今日は、一番早く一次面接を始めた学生たちの四次面接。つまり、一番早く内定が出ることになるであろう学生たちの四次面接だ。

今、就活は三年生の三月に始まる。おれが大学生だったころは四年生からだったが、その後、三年生の秋からになったり冬からになったりして、現在に至っている。

就活の時期の人事部はやはり忙しい。ほかの業務がなくなるわけではないのにそれが加わるのだから当然だ。入念な事前準備も必要になる。学生にとっては進路を決める一大事。こちらも適当なことはできない。

たかが十五分二十分の面接で人一人のことがわかるわけがない。そのとおり。だが最低限のことはわかるのだ。何も、有能かを見ようとしているのではない。学生たちも入ってみなければその会社のことはわからないように、こちらも、実際に仕事をしてもらわなければ有能かはわからないのだ。

今年ウチが採用する学生は二十人。それは決まっている。といっても、ざっくりだ。はっきり二十人と決めているわけではない。いい人材がいれば一人二人は多く採るし、いなければ採らない。内定辞退者が出ることも見越して、その二十人は切らないようにと決めている。

四次面接まで来れば学生の数は減る。おれが今日会ったのは四人だ。二人が男子で二人が女子。さすがに皆優秀だった。有能、ではない。優秀。それは、まあ、筆記試験も終わっているので、ある程度わかる。

女子二人がわりと引く感じだったのに対し、男子二人はわりと押す感じだった。もちろん、それは男女で変わるものでもない。引く男子もいるし、押す女子もいる。今日の四人はたまたまそうだったというだけ。

ただ、全体の傾向として、引く感じの学生が増えたとは言えるかもしれない。押す感じは嫌われると、多くの人が思うようになっているからだろう。

で、その押す男子二人。名前まで言ってしまうと、柏功堅《かしわこうけん》と岩松冬貴《いわまつふゆき》。どちらも、その押す感じが池本悠に似ていた。

あなたは景談社に入ったら何の仕事をしたいですか？　そう尋ねると、編集の仕事をしたいです、と答える学生が多い。昔にくらべると本は読まれなくなったが、それでも作家志望は多いし、編集者志望も多いのだ。今でもウチのような大手出版社は就職人気ランキングの上位に入る。こちらが特に働きかけなくても、毎年多くの有名大学の学生たちが応募してきてくれる。

最近は、ライツの仕事をしたいと答える学生もいる。作品の映像化などに関わる部署だ。三橋梓乃がいるところ。ただ、法務関係の知識も必要なので、新人がいきなり配属されることはない。それこそ梓乃のように、編集などほかの業務の経験を積んでから、となることが多い。

柏功堅は。

出版社に入るならやはり編集をやりたいです、と言った。

口調には熱意があったが、少し気になった。出版社に入るなら。何でもないといえば何でもない。聞き流してもいいところだ。が、おれには、必ずしも出版社でなくてもいい、と思っているように聞こえてしまった。つまり、どうしても出版社でなければダメ、と思っているようには聞こえなかった。

重箱の隅つつき、かもしれない。だがどうしても出版社に入りたい人間は、出版社に入るなら、とは言わないような気がした。出版社に入るからには、という意味だったのだとは思う。だとしても同じだ。そこはシンプルに、編集をやりたいです、でよかった。

このあたりが、訊く側の立場で何年も面接をやってきてわかったことだ。はっきりそうだと言わない限り、そうではないと相手に思わすことができる、と人は思っている。言葉を選べば気持ちは隠せる、と思っている。たぶん、それはそうなのだ。だが実際のところ、本音は端々に出る。言葉を選べば気持ちは隠しきれるが、言葉を選びきれないのだ。

自信に満ち、優秀でもある柏功堅を見ていて、大学時代の同期生鶴丸《つるまる》純忠《すみただ》を思いだした。

ゼミ仲間で、特に親しくはなかったが、時々話をした。当時まだ就活という略語はなく、おれらは単に早口で就職活動と言っていた。シュウショッカツドウ、という感じで。その就職活動で大手ばかりをまわっていたのがこの鶴丸純忠。業種は定めず、各業種の大手だけをまわっていた。最大手ばかりを選んでいたのだと思う。自分で言うのも何だが、いい大学の学生だからこそできることだ。

鶴丸純忠はいつしか就職活動のエキスパートのようになっていた。だが肝心の就職先はなかなか決まらず、大学が夏休みに入るころまで動いていた。それでも、最終的には就職人気ランキングのトップテンに入る食品会社から内定を得て、そこに入った。そして二年でやめてしまった。

池本悠に似た感じがある柏功堅は、その鶴丸純忠に似た感じもあった。

そしてもう一人の岩松冬貴は。

販売をやりたいです、と言った。

それは珍しいので、おれは辻村くんの隣から口を挟んで訊いてみた。まさに大手ならどこでもいいクチかと思ったのだ。

どうして販売を?

おれのその質問に、岩松冬貴はこう答えた。

多くの人に本を届けたいからです。僕は子どものころからたくさん本を読んでいて、今もたくさん読んでいます。でも周りには本を読む人があまりいませんでした。小学生のころより大学生の今のほうがいない気がします。それはたぶん、多くの人が本を読む楽しさを知らないからなのだと思います。そんな状況を変えたいです。本を読む楽しさを知らない人たちのもとへ、自分が本を届けたいです。そうすることで、楽しさに気づいてほしいです。

意地悪のつもりはまったくないが、こうも訊いてみた。

それなら、出版社でなく書店さんでもいいのでは？

岩松冬貴は答えた。

本が形になる過程を知っていれば幅広いアプローチができるのではないかと思いました。でも製本所さんということではなく、印刷会社さんということでもなく、やはり出版社さんだなと。始まりからだなと。それで、小説も漫画も児童書も出しておられる景談社さんを受けさせていただこうと決めました。

面接の初めは自分のことを私と言っていた岩松冬貴だが、後半は僕と言ってしまっていた。ミスといえばミスだ。だが自分の言葉で話そうとしてそうなったのだと、おれは好意的に受け止めた。そうさせる何かが岩松冬貴にはあったということだ。

面接は、ともに二十分で終了。

その後。熟考の結果、岩松冬貴は通し、柏功堅は落とした。そこで落とすことはあまりないのだが、今回はそうした。

社員として必要なのは岩松冬貴だと思った。柏功堅には、池本悠ほどの自信は感じられなかった。池本悠はすでにお笑いや役者を経験しているが柏功堅は学生なので出版社の仕事はまだ未経験というだけ、でもないような気がした。何だろう。根本の熱がちがった。

幸い、辻村くんの意見もおれと同じだった。柏功堅、×。岩松冬貴、○。

本当にぎりぎりの選択。だがしかたない。そういうものなのだ。どこかで線は引かなければならない。誰にだって、いいところはある。そこを拾いたくもなる。が、全員を先に進ませるわけにはいかないのだ。それでは選考にならない。

岩松冬貴は次がいよいよ五次。最終面接だ。鯉沼清邦社長と会う。そこで落とされることはないと思うが。断言はできない。

採用面接はまだ始まったばかり。先があるな。だから今なら落とせるな。基準を厳しくしやすいな。社長がそう考えないとは言えない。考えないでくださいよ、社長。

まあ、そうなったとしても、それはそれ。自分が下した判断が誤りだとは思わない。岩松冬貴を採ってよかったのか、結果が出るのは実際に岩松冬貴が入社して働きだしてからだが。その前に。内定が出たら辞退はしないでよ、岩松くん。

何にせよ。参った。

面接中、つまり会社での仕事中も、池本悠のことを考えてしまった。意識してしまった。

最近こんなことが多い。池本悠を小倉琴恵と並べて考えるとか。今日のように、面接に来た学生たちとくらべて考えるとか。

まちがいない。

おれはいつの間にか、池本悠を評価するようになっている。

「呼んでもらえてうれしいです。正直、もうダメかと思ってました。いや、まあ、ダメだとしても楓を、じゃなくて楓さんをあきらめる気はないんですけど。あきらめるという発想自体がまずないんで」

と、今日も相変わらず好調な池本悠だ。

本人が言うとおり、おれが呼んだ。楓とセットで。和香経由で楓に連絡し、楓経由で連絡するという形で。

また宅配寿司をとった。前回と同じ、最上位。一万四千円ぐらいのものにした。悠くんが喜んで食べてたからまたあれでいいんじゃない？　と和香が言ったのだ。

五月。ゴールデンウィークも後半の六日土曜。約束の時間も前回と同じ。午後一時。

今回は池本悠も遅れなかった。楓に釘《くぎ》を刺されていたらしい。

急にお腹が痛くなってコンビニのトイレに行ったりしなくてすむように、冷たいものは控えてね。

楓にそう言われたんですよ、と池本悠がおれと和香にそう明かした。で。そこまで明かさなくていいよ、と楓に怒られていた。

「前に来たときのことは、おれもちょっと反省しました。何、お寿司バクバク食べてんのよ、と楓にも言われて」と池本悠はそのことまで明かした。「確かに同じネタ三つは食いすぎでした。何なら四つ、お父さんの分まで食っちゃおうかと思ってましたし。あ、お父さんて言っちゃってだいじょうぶですか？」

「ん？」とおれ。

「ほら、ドラマとかでよくあるじゃないですか。君にお父さんと呼ばれる筋合いはない、とお父さんが怒るとか」

「あぁ。だいじょうぶ。それはおれもよく思ってるよ。じゃあ、何て言えばいいんだよって。あれは、居酒屋の店主を親父さんと呼ぶようなもんだよね。おじさんとかおばさんとかと同じ。ごく一般的な呼び名としてのお父さん。特に楓の親ってことじゃなく、子どもの親って意味での、お父さん」

「おれは、楓のお父さんて意味でも言っちゃってますよ」

「そうか。でも、まあ、いいよ」

「佐原さんて言えばいいんじゃない？」と和香が提案する。「別にお父さんと言う必要もなくて。それが普通なんだから」

「あぁ、そうですね。お父さんと佐原さん。どっちがいいですか？」

「おれが決めるの？」

「じゃ、わたしが決める」とこれも和香。「わたしも楓もお父さんで慣れてるから、お父さん」

「そうします。お父さん。決定」

前に来たときのことは反省したと言いながらのそれ。やはり池本悠は変わっている。尖っているのではない。変わっている。

「えーと、じゃあ、同じネタはとりあえず一つずつで」

そう言って、池本悠は寿司を食べる。確かに、今日も喜んで食べる。

まあ、食べさせ甲斐はある。だからおれも言ってしまう。

「一つずつじゃなくていいよ。何なら四つ食べていい。おれの分も食べていいよ」

「いや、さすがに四つは」と言いつつ、池本悠はウニとイクラを二つずつ食べる。

だがそこで食べるのは中断。和香があらかじめ用意したおしぼりで手を拭いて、言う。

「今日は一応、お父さんに報告がありまして」

「何？」

「おれ、お笑い芸人はやめました」

「え？」

「やりたかったし、本気でやってもいたんですけど、そっちは無理だと悟りました」

「何で？」

「一月にピン芸人のデカいコンクールに出たんですよ。結構いいネタができて、自信もあったんですけど、一回戦で落ちちゃって」

「あぁ」

「実際、ほとんどウケなかったんで、それはいいんですけど」

「いいの？」

「ショックはショックですけど、まあ、いいです。で、そのコンクールは一番デカいやつだから、事務所に所属してておれが名前を知ってる人も出てて。その人、ムチャクチャウケてたんですよ」

「プロってことだ」

「はい。でも落ちました。その日、アマチュアは全滅で、プロも何人も落ちてました。ムチャクチャウケてたその人まで落ちちゃって。一回戦でこれでもダメなのか、と思いましたよ。それで、あらためて冷静に考えて。たぶん、おれでは届かないなと。演者としてはともかく、ネタのつくり手としては無理、この先時間をかけても上までは行けないなと、はっきり思いました」

「厳しい世界ではあるんだろうからね。上に行けるのはほんのひと握りだろうし」

作家志望の比ではない。今やお笑い芸人志望は多いのだ。気軽に始められることも大きいのだと思う。池本悠も言うように、コンクールにはアマチュアも出られる。気軽に自分の力を試せる。だったらやってみようか、となる。コンビでできるのも大きい。バンドのように四人五人となると組むだけで大変だが、コンビなら組みやすい。

「残念ね」と和香が言う。

「ただ」と池本悠。「役者のオーディションには残ったんですよ」

「あぁ。役者」とおれ。

「去年の終わりからもういくつも受けてて。でも全部ダメで。一つのオーディションでやっといいとこまで行って。それも結局は落ちたんですけど。その審査をしてた人から、また別のがあるからそっちを受けてみればと言ってもらえて。受けたら、どうにか」

「受かったの？」

「はい。まあ、それも、受けたその場で受かったわけではないんですけど。君はこっちの役でつかうよと監督が言ってくれて」

「それは、ドラマか何か？」

「そうですね。深夜のですけど」

「セリフとかあるの？」と和香が尋ね、

「一応」と池本悠が答える。

「一応じゃないでしょ。結構あるじゃない。役名もちゃんと付いてるし」と楓。

「すごいじゃない」と和香。

「君のそのすっとぼけた感じがいいと、監督が言ってました」

「わかる！」

おれもわかる。池本悠はすっとぼけている。だがそれを味と見ることも、できるかもしれない。まだ二度しか会っていないおれや和香にもそう感じさせられるのなら、それは芝居に活きるかもしれない。

「受かってうれしかった？」と和香が子どものような質問をする。

「ムチャクチャうれしかったです」と池本悠は子どものように答える。「でもまず、お笑いもやっといてよかったと思いました」

「やめるのに？」

「はい。そっちも本気でやっといてよかったと、ほんとにそう思いました。結局、それが活きたってことなんですよね。どっちも本気でやってたから、こう、うまくつながってくれたんですよ。それが実感です」

「って、まだスタートしてもいないけどね」と楓がなかなか厳しいことを言う。

「確かに」

「これからどうするの？」と和香が尋ねる。

「役者一本に絞ります」と池本悠が答える。「あ、でも生活費を稼ぐためにユーチューブは続けますけど」

それがいい。生活費は稼いでもらわなければ困る。

「でね、考えたの」と楓がおれと和香に言う。「考えたし、二人で話しもした。しばらくはバタバタするはずだから、すぐには結婚しない。しちゃおうかと思ったけど、それはしない。でも、するつもりではいる」

「うん」と和香が言い、
おれはただうなずく。

「悠が成功するまで待つってことでもない。成功しなくてもする。わたしが働くのだっていいと思ってる。例えば子どもが生まれてからも」

「それは」とおれ。「池本くんがいわゆる主夫をやるということか？」

「そう。ユーチューブだって、いつまで続けられるかわからないし。だから家事とか子育てとかを主に悠がやる。あくまでも、主にね。もちろん、働きながらわたしもやる。家事はともかく、子育てはやりたいし」

「そんなこと、前は言ってなかったよな」

「前はそこまでの話にならなかったじゃない。といっても、わたしもあのときはそこまで考えてなかったけど。でもここを出て、一人暮らしをしてみて。いろいろ考えるようになった」

「池本くんは、それでいいの？」と尋ねてみる。

「はい」と池本悠はあっさり言う。

「おれ、家事とかは結構ちゃんとやるんで」

「下北のアパートの部屋、すごくきれいだよ」と楓。

それはいい情報だが、何というか、娘の口からはあまり聞きたくない。

「でもご飯とか、つくれる？」

「つくれますよ」と池本悠はやはりあっさり言う。「居酒屋で長くバイトしてましたし。そのときはおれが賄いをつくることもありましたし。ユーチューブでも、ちょっとした料理ぐらいはやりますからね」

「たぶん、わたしよりうまいよ」と楓。

それもいい情報だが、やはり娘の口からは聞きたくない。

「そういえば、包丁さばきとか、確かにうまかったね」と和香。

「あ、見てくれたんですか」

「うん。動画、いくつか見た。どれも結構おもしろかった。なかにはよくわからないのもあったけど」

「確かにある」と楓。「それはわたしも思う」

「でもそういうのが案外再生回数が多かったりするんですよ」と池本悠。「上げてみるまでわかんないんですよね、実際」

「お父さんも見てみなさいよ」と和香に言われ、

「見てみるよ」とそこはすんなり言う。

これまでは見なかった。見ないようにしていた。おもしろくなかったらどうしよう、という気持ちと、おもしろかったらどうしよう、という気持ちが半分ずつあったのだ。どちらであってもおれにいいことはない。そう思っていた。

居間のソファ。ななめの位置に座っている楓が、ななめながら真正面からおれを見て、言う。

「お父さん」

「ん？」

「主夫とかそういうのは認めない？」

おれはすでに箸でつまんでいたホタテの握りを自分のしょうゆ皿に置き、箸も箸置きに置く。シャリがしょうゆまみれになってしまうが、しかたない。

　おれは試されている。父親として、娘に試されている。ここは大事な場面だと思う。認めないことはないよ、というようなぼかした言い方はしたくない。どちらか一方をはっきり選ばなければならない。

　おれは言う。会社にいるときのような口調で。人事部長であるときのような丁寧語で。

「認めます」

「マジですか！」と反射的に言ってから、池本悠は言い直す。「ほんとですか？」

「ああ」そしておれは和香に言う。「どう思う？」

「どう思う？　じゃないでしょ。わたしは初めからいいって言ってるじゃない。反対なんかしてないじゃない」

　条件は付けない。何々するなら結婚してもいい。そんなことは言いたくない。小倉琴恵も言っていたように、そんな権利はないのだ。親にも。ただ、こうは言う。親の希望として。

「ただ、池本くん、絶対に成功してくれ。娘を幸せにしてくれ」

　悠と楓。形はどうでもいい。いい夫婦になってほしい。出版社に入るなら編集者になりたい。結婚するならいい夫婦になってほしい。そういうことではなくて。ただただいい夫婦になってほしい。

　二時間ほどで、第二回の白山お寿司会は終了。

去り際に、玄関で池本悠はこんなことを言う。

「さっきからずっと思ってましたけど。お父さん、そのシャツいいですね。ピンクのシャツ、ムチャクチャカッコいいです」

「これは、お母さんが選んでくれたんだよ」

「さすがです。お母さん、いいとこ突きますね。お父さんだからこそのピンク。今のおれじゃ絶対無理。着こなせないですもん」

楓と悠は帰っていく。楓は代々木上原へ。悠は下北沢へ。まあ、まずはどちらかの部屋へ行くのかもしれないが。

和香と二人になると、日常が戻ってくる。土曜日の穏やかな午後、だ。

「これでよかったんだよな？」

「まちがいなく、よかったわね」

和香にそう言われると、確かによかったのだという気がしてくる。

「ビールも出してあげればよかったわね、悠くんに」

「いや、それはなしでよかったよ。アルコールは抜きで話せてよかった」

「でも。もう飲んでもいいわよね」

「ん？」

「ワイン、飲みましょうよ」

「昼から？」

「もう夕方じゃない。めでたいんだから飲みましょう」

「すぐに結婚するわけじゃないだろ」

「でもめでたい」

そう言って、和香が笑う。

この笑顔を久しぶりに見た、と思う。ここ数ヵ月、おれはずっとそれを見たかったのだと気づく。

楓にとっていいかどうか。もちろん、それが第一。

なのだが。

まったく別のこととして。和香が満足することも大事。その代わりおれが我慢する、というようなことではなくて。そういうある種英雄気どりのことではまったくなくて。単に、おれ自身が和香に満足してほしい。おれ自身がそうさせたいのでもなく、ただ単に満足してほしい。翳《かげ》りというか、曇りのない状態でいてほしい。

それもまた別の第一。おれにとってもう一つの第一。そんなことを思う。

楓が嫁いだら、おれは和香と二人になる。形としてはもうすでになっているが、気持ちとしても二人になる。初めてそのことも意識する。そうなる日はもう近いのだ。楓は悠の成功を待たないと言っているのだし。悠はもしかしたら明日成功するかもしれないのだし。

「あ、そうだ」と和香が言い、自分のスマホを操作しておれに渡す。「削除しちゃわないうちに見て」

「何？」

「悠くんの動画。やめちゃったお笑いの」

見る。

替えうたのショートネタらしい。ショートもショート。再生時間はわずか十一秒。

♪かあさんが～夜なべ～をして、手ぶく～ろ編んでクーデター♪

ちょっと笑った。ふふっと声が出てしまった。うたってるときの悠の真顔と、最後に出されるフリップの雑な絵の対比がよかった。クーデターの絵。かあさんらしき人がライフル銃をバンバン撃ってるのだ。

「これはおもしろくない？」

「おもしろいな」

「かあさんがちゃんと手袋してるとこがいいわよね」

「指紋を残さないようにするためなのかな」

「あ、そういうこと？」

「いや、わかんないけど」

いつものように素早くあと片づけをしてから、和香が二つのグラスにワインを注ぐ。近所にあるワイン専門店で買った赤ワインだ。そうはいっても、そんなに高くはないらしい。

そのワインを飲みながら、和香と二人でショパンのＣＤを聞く。夜想曲集だ。ルービンシュタインが演奏するそれ。

棚に置かれたブルートゥースのスピーカーからピアノの音が流れ出る。誕生日プレゼントとして和香が楓にもらったＪＢＬのスピーカーだ。小さいが、音はいい。昔実家のおれの部屋にあったあのデカいオーディオセットは何だったのかと思う。

やや重い第一番に続き、穏やかな夜想曲第二番。有名な曲だ。おれでも知っている。穏やかで、甘やか。

「こんな曲が、百九十年前にもうつくられてたのよね」と和香が言い、

「そうなんだな」とおれが言う。

ショパン。そんなに古い感じはしないが、日本に当てはめれば、江戸時代の人。そのころから、こんな曲はつくられていたのだ。

多くの便利な機器を発明しただけで、人は大して変わってないのかもな。と思う。まあ、それはそうだ。根本は変わらない。人が人を殺してよかった時代などないし、人が人を愛さなかった時代もない。

「でも実際にそのころこの曲を聞けてた人は少ないんでしょうね。ＣＤなんてなかったわけだから」

「ピアノの生演奏で聞くしかなかったのか」

「うん。いい曲だと思っただろうなぁ。そんなふうに聞いた人たちも」

「ああ」

その生演奏を、こんなふうに夫婦で聞いた人たちもいたはずだ。

「曲をいいと思う感じは、その時代の人もわたしたちも変わらないんだろうね」

「だろうな」

おれも和香も五十代。この先も、この曲のようにいけたらいい。甘やかにではなくていいから、穏やかに。

夕食のときに渡すつもりでいたのだが、今でいいよな、と思う。

おれは立ち上がって三階の寝室に行き、それを持って戻ってくる。そして和香に渡す。

「これ」

「何？」

和香が包みを開け、出てきた箱も開ける。

「わっ。真珠」

ネックレスだ。

「もしかして、真珠婚式の？」

「うん。結婚三十年めのっていう」

「真珠婚式って、周りの誰かがその夫婦にプレゼントを渡すんじゃないの？」

「まあ、夫が妻に贈ってもいいみたいだから。いや、いいみたいっていうのも、何だな」

「ん？」

「夫が妻にプレゼントを贈っちゃダメなときなんて、ないだろ」

「おぉ」

「何?」

「今、カッコつけたの?」

「つけてないよ」

「でもちょっとカッコよかったよ」

「だったら流してくれよ。カッコつけたの? って訊くなよ。訊かれたらカッコ悪いだろ」


和香がさっそくネックレスを着けながら言う。


「あぁ。わたしも真珠のネックレスが似合う歳になったか。といっても、今は若い子たちも真珠を着けるみたいだけど」

「そうなんだな」

「似合うって自分で言っちゃったけど。似合う?」

「似合うだろ」

「ちゃんと似合うって言ってよ。だろはいらない」

「似合う」

「言わされてるし。でもありがとう。そう言ってくれたことも、ネックレスをくれたことも、うれしいです」

おれは赤ワインを一口飲んで、言う。

「なあ。その代わりにってことじゃないけど」

「何？」

「また弁当をつくってくれないか」

「お弁当？」

「うん。会社だと、何か、ざるそばっかり食っちゃうからさ。そうじゃないものを食べたい」

「そうじゃないものを頼めばいいじゃない」

「と、そう思うんだけど。結局いつもざるそばにしちゃうんだよ」

「わかった。つくる。ただし、ほしいときはちゃんと前の日の朝までに言ってね。わたしも準備があるから」

「わかった。言う」

「お弁当か。久しぶりだな。たこさんウィンナーでも入れちゃおうかな。いい？」

「まかせるよ」

「じゃ、入れる」

そう言って、和香が笑う。

その見慣れた笑顔に真珠がよく似合っている。

もう娘が結婚する歳。おれら自身も歳をとったが。この先も、その笑顔を見慣れたままでいたい。
和香とは、ずっと夫婦でいたい。
いつまでも、佐原夫妻でいたい。

断章　小倉琴恵　十月十六日（月）

諸々整い、『夫妻集』を書きだそうとしたその日。杉林公親から連絡があった。電話ではない。メールでだ。

その前に電話が一本かかってきたが、知らない番号からなので、出なかった。それも公親からだったらしい。わたしは番号を消してたから、そうと気づけなかったのだ。気づけたとしても、出なかったかもしれないが。

で、メールが来た。久しぶりに会えないだろうか。会いたい。みたいなことが書いてあった。メールで返事をしてもよかったが、電話をかけることにした。直接言おうと思ったから、ではない。公親のスマホにメールを残すのがいやだったのだ。要するに、しょうもない文言を残すのが。わたしはこれでも一応作家なので。

ということで、実際に電話をかけ、少しだけ話した。公親からの不倫再開要請を、わたしは五音で退けた。会わないよ。

次いで、妻の秋穂さんはこのことを知ってるのか尋ねてみた。いや、知るわけないよ、と公親は言った。秋穂さんはわたしとサシで飲んで意気投合したことを公親に話してないらしい。ならわたしが話しちゃマズいかな、とも思いつつ、話してしまった。ほんとかよ、と驚く公親に、こうも言った。わたし、友だちのダンナと不倫はしない。というか、もう、不倫自体をしないかな。

そして電話を切り、邪魔しやがって、とつぶやいてから、いよいよ『夫妻集』を書きはじめた。

のだが。

そこへまた電話がかかってきた。

スマホの画面に表示されたのは、こう。〈景談社　佐原滝郎〉

『夫妻集』執筆のために取材したときに番号を教え合っていたのだ。追加でまた何か訊くこともあるかと思って。

もしかして、人事部長から不倫のお誘い？　そんなことを考えながら電話に出ると、佐原部長は言った。

「いきなりかけてしまってすいません」

「いえ」

「本当はこんなのダメで、担当の奥井を通すべきなんですけど。でもこんなお願いを奥井にさせるのも悪いので、自分でかけようと」

「はぁ。何ですか？」

「あの、本当にこんなことを頼めた義理ではないんですけど。前にお話しした娘の楓が今度結婚することになりまして。その披露宴でスピーチをしていただいたりは、できないでしょうか」

「わたしがやるんですか？　それを」

「はい。話をさせていただいて、私もいろいろ考えるところがありまして。だからお願いできないだろうかと、思ってしまいまして」

「いいですよ」

　わたしがそう言うと、佐原部長は自分で頼んだくせにこう言った。

「え、いいんですか？」

「はい。でも招待状とかはめんどくさいから出してくれなくていいです。日時がわかったらまたこうやって電話してもらえますか？　そのときに、楓ちゃんとお相手のことをもうちょっと詳しく聞きます」

「わかりました。ありがとうございます。作家さんが来てくださるなんて、楓、すごく喜びます。私もうれしいです」

「ほんとにいいんですか？　わたしなんかで」

「小倉さんがいいんですよ。小倉さんこそがいいんですよ」

「まあ、昔からの縁がありますもんね、わたしと佐原さん。縁というか、因縁か」

「それはもう勘弁してください」

「怒ってないですよ。あそこで落とされたから、わたし、今こうやって書けてるんだし。で、そうだ。佐原さん」

「はい？」

「念のため確認しときますけど。そのスピーチで不倫とか言っちゃマズいですか？」

「あぁ」と言ってから、佐原部長はこう続ける。「そこは作家さんにおまかせします。どうぞお好きなように」

「じゃあ、そうします」

どうぞお好きなように。いい言葉だ。出版社の人からはその言葉だけを聞きたい。出版社さんは、そうでなきゃいけない。

あいさつをして電話を切り、わたしは考える。

奥さんもかつては景談社にいたのだと佐原部長は言っていた。正社員ではなく、契約社員だったらしい。

わたしもそうすればよかったのかもしれない。パブでバイトをしながら書くんじゃなく、契約社員として出版社で働きながら書けばよかったのかもしれない。そうしてれば、もうちょっといい作家になれてたのかもしれない。パブで知り合ったお客の杉林公親と不倫などしない、身も心も文章もクリーンな作家になれてたのかもしれない。

でも、まあ、いいか。

そのクリーン作家が書く小説、つまんなそうだし。

本書は書き下ろしです。
この作品はフィクションです。
実在の人物・団体とは一切関係ありません。

小野寺史宜《おのでらふみのり》

1968年千葉県生まれ。2006年「裏へ走り蹴り込め」でオール讀物新人賞を受賞し、デビュー。'08年『ROCKER』で第3回ポプラ社小説大賞優秀賞を受賞。著書に『ひりつく夜の音』『本日も教官なり』『ライフ』『ナオタの星』『みつばの郵便屋さん』シリーズ、『その愛の程度』を一作目とする『近いはずの人』『それ自体が奇跡』の夫婦三部作、『縁』『天使と悪魔のシネマ』『片見里荒川コネクション』『レジデンス』『銀座に住むのはまだ早い』『君に光射す』『みつばの泉ちゃん』などがある。'19年『ひと』で本屋大賞2位。

夫妻集《ふさいしゅう》

2023年8月17日　第一刷発行

著　者　小野寺史宜《おのでらふみのり》

発行者　髙橋明男

発行所　株式会社講談社

〒112-8001東京都文京区音羽2-12-21

電話　出版03-5395-3505

販売03-5395-5817

業務03-5395-3615

本文データ制作　講談社デジタル製作

印刷所　株式会社KPSプロダクツ

製本所　株式会社国宝社

定価はカバーに表示してあります。

落丁本・乱丁本は購入書店名を明記のうえ、小社業務宛にお送りください。

送料小社負担にてお取り替えいたします。

なお、この本についてのお問い合わせは、文芸第二出版部宛にお願いいたします。

Printed in Japan　ISBN 978-4-06-532534-6

N.D.C.913　310p　20cm